GE

DICHTUNGEN

AUSWAHL UND NACHWORT VON
WALTER SCHMÄHLING

PHILIPP RECLAM JUN. STUTTGART

Universal-Bibliothek Nr. 8903
Alle Rechte vorbehalten
© 1964 Philipp Reclam jun. GmbH & Co., Stuttgart
Mit Genehmigung des Verlages Heinrich Ellermann, Hamburg und
München
Gesamtherstellung: Reclam, Ditzingen. Printed in Germany 1993
RECLAM und UNIVERSAL-BIBLIOTHEK sind eingetragene
Warenzeichen der Philipp Reclam jun. GmbH & Co., Stuttgart
ISBN 3-15-008903-4

BERLIN I

Beteerte Fässer rollten von den Schwellen
Der dunklen Speicher auf die hohen Kähne.
Die Schlepper zogen an. Des Rauches Mähne
Hing rußig nieder auf die öligen Wellen.

Zwei Dampfer kamen mit Musikkapellen.
Den Schornstein kappten sie am Brückenbogen.
Rauch, Ruß, Gestank lag auf den schmutzigen Wogen
Der Gerbereien mit den braunen Fellen.

In allen Brücken, drunter uns die Zille
Hindurchgebracht, ertönten die Signale
Gleichwie in Trommeln wachsend in der Stille.

Wir ließen los und trieben im Kanale
An Gärten langsam hin. In dem Idylle
Sahn wir der Riesenschlote Nachtfanale.

BERLIN II

Der hohe Straßenrand, auf dem wir lagen,
War weiß von Staub. Wir sahen in der Enge
Unzählig: Menschenströme und Gedränge,
Und sahn die Weltstadt fern im Abend ragen.

Die vollen Kremser fuhren durch die Menge,
Papierne Fähnchen waren drangeschlagen.
Die Omnibusse, voll Verdeck und Wagen.
Automobile, Rauch und Huppenklänge.

Dem Riesensteinmeer zu. Doch westlich sahn
Wir an der langen Straße Baum an Baum,
Der blätterlosen Kronen Filigran.

Der Sonnenball hing groß am Himmelssaum.
Und rote Strahlen schoß des Abends Bahn.
Auf allen Köpfen lag des Lichtes Traum.

BERLIN III

Schornsteine stehn in großem Zwischenraum
Im Wintertag, und tragen seine Last,
Des schwarzen Himmels dunkelnden Palast.
Wie goldne Stufe brennt sein niedrer Saum.

Fern zwischen kahlen Bäumen, manchem Haus,
Zäunen und Schuppen, wo die Weltstadt ebbt,
Und auf vereisten Schienen mühsam schleppt
Ein langer Güterzug sich schwer hinaus.

Ein Armenkirchhof ragt, schwarz, Stein an Stein,
Die Toten schaun den roten Untergang
Aus ihrem Loch. Er schmeckt wie starker Wein.

Sie sitzen strickend an der Wand entlang,
Mützen aus Ruß dem nackten Schläfenbein,
Zur Marseillaise, dem alten Sturmgesang.

LAUBENFEST

Schon hängen die Lampions wie bunte Trauben
An langen Schnüren über kleinen Beeten,
Den grünen Zäunen, und von den Staketen
Der hohen Bohnen leuchtend in die Lauben.

Gesumm von Stimmen auf den schmalen Wegen.
Musik von Trommeln und von Blechtrompeten.
Es steigen auf die ersten der Raketen,
Und platzen oben in den Silberregen.

Um einen Maibaum dreht sich Paar um Paar
Zu eines Geigers hölzernem Gestreich,
Um den mit Ehrfurcht steht die Kinderschar.

Im blauen Abend steht Gewölke weit,
Delphinen mit den rosa Flossen gleich,
Die schlafen in der Meere Einsamkeit.

DER GOTT DER STADT

Auf einem Häuserblocke sitzt er breit.
Die Winde lagern schwarz um seine Stirn.
Er schaut voll Wut, wo fern in Einsamkeit
Die letzten Häuser in das Land verirrn.

Vom Abend glänzt der rote Bauch dem Baal,
Die großen Städte knieen um ihn her.
Der Kirchenglocken ungeheure Zahl
Wogt auf zu ihm aus schwarzer Türme Meer.

Wie Korybanten-Tanz dröhnt die Musik
Der Millionen durch die Straßen laut.
Der Schlote Rauch, die Wolken der Fabrik
Ziehn auf zu ihm, wie Duft von Weihrauch blaut.

Das Wetter schwelt in seinen Augenbrauen.
Der dunkle Abend wird in Nacht betäubt.
Die Stürme flattern, die wie Geier schauen
Von seinem Haupthaar, das im Zorne sträubt.

Er streckt ins Dunkel seine Fleischerfaust.
Er schüttelt sie. Ein Meer von Feuer jagt
Durch eine Straße. Und der Glutqualm braust
Und frißt sie auf, bis spät der Morgen tagt.

DIE DÄMONEN DER STÄDTE

Sie wandern durch die Nacht der Städte hin,
Die schwarz sich ducken unter ihrem Fuß.
Wie Schifferbärte stehen um ihr Kinn
Die Wolken schwarz vom Rauch und Kohlenruß.

Ihr langer Schatten schwankt im Häusermeer
Und löscht der Straßen Lichterreihen aus.
Er kriecht wie Nebel auf dem Pflaster schwer
Und tastet langsam vorwärts Haus für Haus.

Den einen Fuß auf einen Platz gestellt,
Den anderen gekniet auf einen Turm,
Ragen sie auf, wo schwarz der Regen fällt,
Panspfeifen blasend in den Wolkensturm.

Um ihre Füße kreist das Ritornell
Des Städtemeers mit trauriger Musik,
Ein großes Sterbelied. Bald dumpf, bald grell
Wechselt der Ton, der in das Dunkel stieg.

Sie wandern an dem Strom, der schwarz und breit
Wie ein Reptil, den Rücken gelb gefleckt
Von den Laternen, in die Dunkelheit
Sich traurig wälzt, die schwarz den Himmel deckt.

Sie lehnen schwer auf einer Brückenwand
Und stecken ihre Hände in den Schwarm

Der Menschen aus, wie Faune, die am Rand
Der Sümpfe bohren in den Schlamm den Arm.

Einer steht auf. Dem weißen Monde hängt
Er eine schwarze Larve vor. Die Nacht,
Die sich wie Blei vom finstern Himmel senkt,
Drückt tief die Häuser in des Dunkels Schacht.

Der Städte Schultern knacken. Und es birst
Ein Dach, daraus ein rotes Feuer schwemmt.
Breitbeinig sitzen sie auf seinem First
Und schrein wie Katzen auf zum Firmament.

In einer Stube voll von Finsternissen
Schreit eine Wöchnerin in ihren Wehn.
Ihr starker Leib ragt riesig aus den Kissen,
Um den herum die großen Teufel stehn.

Sie hält sich zitternd an der Wehebank.
Das Zimmer schwankt um sie von ihrem Schrei,
Da kommt die Frucht. Ihr Schoß klafft rot und lang
Und blutend reißt er von der Frucht entzwei.

Der Teufel Hälse wachsen wie Giraffen.
Das Kind hat keinen Kopf. Die Mutter hält
Es vor sich hin. In ihrem Rücken klaffen
Des Schrecks Froschfinger, wenn sie rückwärts fällt.

Doch die Dämonen wachsen riesengroß.
Ihr Schläfenhorn zerreißt den Himmel rot.
Erdbeben donnert durch der Städte Schoß
Um ihren Huf, den Feuer überloht.

UMBRA VITAE

Die Menschen stehen vorwärts in den Straßen
Und sehen auf die großen Himmelszeichen,
Wo die Kometen mit den Feuernasen
Um die gezackten Türme drohend schleichen.

Und alle Dächer sind voll Sternedeuter,
Die in den Himmel stecken große Röhren.
Und Zaubrer, wachsend aus den Bodenlöchern,
In Dunkel schräg, die einen Stern beschwören.

Krankheit und Mißwachs durch die Tore kriechen
In schwarzen Tüchern. Und die Betten tragen
Das Wälzen und das Jammern vieler Siechen,
Und welche rennen mit den Totenschragen.

Selbstmörder gehen nachts in großen Horden,
Die suchen vor sich ihr verlornes Wesen,
Gebückt in Süd und West, und Ost und Norden,
Den Staub zerfegend mit den Armen-Besen.

Sie sind wie Staub, der hält noch eine Weile,
Die Haare fallen schon auf ihren Wegen,
Sie springen, daß sie sterben ⟨nun⟩ in Eile,
Und sind mit totem Haupt im Feld gelegen.

Noch manchmal zappelnd. Und der Felder Tiere
Stehn um sie blind, und stoßen mit dem Horne
In ihren Bauch. Sie strecken alle viere
Begraben unter Salbei und dem Dorne.

Die Meere aber stocken. In den Wogen
Die Schiffe hängen modernd und verdrossen,
Zerstreut, und keine Strömung wird gezogen
Und aller Himmel Höfe sind verschlossen.

Die Bäume wechseln nicht die Zeiten
Und bleiben ewig tot in ihrem Ende
Und über die verfallnen Wege spreiten
Sie hölzern ihre langen Finger-Hände.

Wer stirbt, der setzt sich auf, sich zu erheben,
Und eben hat er noch ein Wort gesprochen.
Auf einmal ist er fort. Wo ist sein Leben?
Und seine Augen sind wie Glas zerbrochen.

Schatten sind viele. Trübe und verborgen.
Und Träume, die an stummen Türen schleifen,
Und der erwacht, bedrückt von andern Morgen,
Muß schweren Schlaf von grauen Lidern streifen.

VON TOTEN STÄDTEN . . .

Von toten Städten ist das Land bedecket,
⟨Wie⟩ Kränze hängt der Efeu von den Zinnen.
Und manchmal eine Glocke rufet innen.
Und trüber Fluß rundum die Mauer lecket.

Im halben Licht, das aus den Wolken schweifet,
Im Abend gehn die traurigen Geleite
Auf Wegen kahl, in schwarzen Flor geschlagen,
Die Blumen trocken in den Händen tragen.

Sie stehen draußen in verlorner Weite,
Ein Haufe schüchtern bei den großen Grüften.
Noch einmal weht die Sonne aus den Lüften,
Und malt wie Feuer rot die Angesichter.

DIE STÄDTE

Der dunkelnden Städte holprige Straßen
Im Abend geduckt, eine Hundeschar
Im Hohlen bellend. Und über den Brücken
Wurden wir große Wagen gewahr,

Zitterten Stimmen, vorübergewehte.
Und runde Augen sahen uns traurig an
⟨Und⟩ große Gesichter, darüber das späte
Gelächter von hämischen ⟨Stirnen⟩ rann.

Zwei kamen vorbei in gelben Mänteln
Unsre Köpfe trugen sie vor sich fort
Mit Blute besät, und die tiefen Backen
Darüber ein letztes Rot noch verdorrt.

Wir flohen vor Angst. Doch ein Fluß weißer Wellen
Der uns mit bleckenden Zähnen gewehrt.
Und hinter uns feurige Abendsonne
Tote Straßen jagte mit grausamem Schwert.

DIE NEUEN HÄUSER

Im grünen Himmel, der manchmal knallt
Vor Frost im rostigen Westen,
Wo noch ein Baum mit den Ästen
Schreit in den Abend, stehen sie plötzlich, frierend und kalt,
Wie Pilze gewachsen, und strecken in ihren Gebresten
Ihre schwarzen und dünnen Dachsparren himmelan,
Klappernd in ihrer Mauern schäbigem Kleid
Wie ein armes Volk, das vor Kälte schreit.
Und die Diebe schleichen über die Treppen hinan,
Springen oben über die Böden mit schlenkerndem Bein,
Und manchmal flackert heraus ihr Laternenschein.

FRÖHLICHKEIT

Es rauscht und saust von großen Karussellen
Wie Sonnen flammend in den Nachmittagen.
Und tausend Leute sehen mit Behagen,
Wie sich Kamele drehn und Rosse schnelle,

Die weißen Schwäne und die Elefanzen,
Und einer hebt vor Freude schon das Bein
Und grunzt im schwarzen Bauche wie ein Schwein,
Und alle Tiere fangen an zu tanzen.

Doch nebenan, im Himmelslicht, dem hellen,
Gehen die Maurer rund, wie Läuse klein,
Hoch ums Gerüst, ein feuriger Verein,
Und schlagen Takt mit ihren Mauerkellen.

DER KRIEG I

Aufgestanden ist er, welcher lange schlief,
Aufgestanden unten aus Gewölben tief.
In der Dämmrung steht er, groß und unerkannt,
Und den Mond zerdrückt er in der schwarzen Hand.

In den Abendlärm der Städte fällt es weit,
Frost und Schatten einer fremden Dunkelheit,
Und der Märkte runder Wirbel stockt zu Eis.
Es wird still. Sie sehn sich um. Und keiner weiß.

In den Gassen faßt es ihre Schulter leicht.
Eine Frage. Keine Antwort. Ein Gesicht erbleicht.
In der Ferne ⟨wimmert⟩ ein Geläute dünn
Und die Bärte zittern um ihr spitzes Kinn.

Auf den Bergen hebt er schon zu tanzen an
Und er schreit: Ihr Krieger alle, auf und an.
Und es schallet, wenn das schwarze Haupt er schwenkt,
Drum von tausend Schädeln laute Kette hängt.

Einem Turm gleich tritt er aus die letzte Glut,
Wo der Tag flieht, sind die Ströme schon voll Blut.
Zahllos sind die Leichen schon im Schilf gestreckt,
Von des Todes starken Vögeln weiß bedeckt.

Über runder Mauern blauem Flammenschwall
Steht er, über schwarzer Gassen Waffenschall.
Über Toren, wo die Wächter liegen quer,
Über Brücken, die von Bergen Toter schwer.

In die Nacht er jagt das Feuer querfeldein
Einen roten Hund mit wilder Mäuler Schrein.
Aus dem Dunkel springt der Nächte schwarze Welt,
Von Vulkanen furchtbar ist ihr Rand erhellt.

Und mit tausend roten Zipfelmützen weit
Sind die finstren Ebnen flackend überstreut,
Und was unten auf den Straßen wimmelt hin und her,
Fegt er in die Feuerhaufen, daß die Flamme brenne
                                        mehr.

Und die Flammen fressen brennend Wald um Wald,
Gelbe Fledermäuse zackig in das Laub gekrallt.
Seine Stange haut er wie ein Köhlerknecht
In die Bäume, daß das Feuer brause recht.

Eine große Stadt versank in gelbem Rauch,
Warf sich lautlos in des Abgrunds Bauch.
Aber riesig über glühnden Trümmern steht
Der in wilde Himmel dreimal seine Fackel dreht,

Über sturmzerfetzter Wolken Widerschein,
In des toten Dunkels kalten Wüstenein,
Daß er mit dem Brande weit die Nacht verdorr,
Pech und Feuer träufet unten auf Gomorrh.

DER KRIEG II

Hingeworfen weit in das brennende Land
Über Schluchten und Hügel die Leiber gemäht
In verlassener Felder Furchen gesät
Unter regnenden Himmeln und dunkelndem Brand,

Fernen Abends über den Winden kalt,
Der leuchtet in ihr zerschlagenes Haus,
Sie zittern noch einmal und strecken sich aus,
Ihre Augen werden sonderbar alt.

Die Nebel in frierende Bäume zerstreut,
In herbstlichen Wäldern irren die Seelen allein
Tief in die Wildnis und kühles Dunkel hinein,
Sich zu verbergen vor dem Lebenden weit.

Aber riesig schreitet über dem Untergang
Blutiger Tage groß wie ein Schatten der Tod,
Und feurig tönet aus fernen Ebenen rot
Noch der Sterbenden Schreien und Lobgesang.

DER SCHLÄFER IM WALDE

Seit Morgen ruht er. Da die Sonne rot
Durch Regenwolken seine Wunde traf.
Das Laub tropft langsam noch. Der Wald liegt tot.
Im Baume ruft ein Vögelchen im Schlaf.

Der Tote schläft im ewigen Vergessen,
Umrauscht vom Walde. Und die Würmer singen,
Die in des Schädels Höhle tief sich fressen,
In seine Träume ihn mit Flügelklingen.

Wie süß ist es, zu träumen nach den Leiden
Den Traum, in Licht und Erde zu zerfallen,
Nichts mehr zu sein, von allem abzuscheiden,
Und wie ein Hauch der Nacht hinabzuwallen,

Zum Reich der Schläfer. Zu den Hetairien
Der Toten unten. Zu den hohen Palästen,
Davon die Bilder in dem Strome ziehen,
Zu ihren Tafeln, zu den langen Festen.

Wo in den Schalen dunkle Flammen schwellen,
Wo golden klingen vieler Leiern Saiten.
Durch hohe Fenster schaun sie auf die Wellen,
Auf grüne Wiesen in den blassen Weiten.

Er scheint zu lächeln aus des Schädels Leere,
Er schläft, ein Gott, den süßer Traum bezwang.
Die Würmer blähen sich in seiner Schwäre,
Sie kriechen satt die rote Stirn entlang.

Ein Falter kommt die Schlucht herab. Er ruht
Auf Blumen. Und er senkt sich müd
Der Wunde zu, dem großen Kelch von Blut,
Der wie die Sammetrose dunkel glüht.

DIE TOTE IM WASSER

Die Masten ragen an dem grauen Wall
Wie ein verbrannter Wald ins frühe Rot,
So schwarz wie Schlacke. Wo das Wasser tot
Zu Speichern stiert, die morsch und im Verfall.

Dumpf tönt der Schall, da wiederkehrt die Flut,
Den Kai entlang. Der Stadtnacht Spülicht treibt
Wie eine weiße Haut im Strom und reibt
Sich an dem Dampfer, der im Docke ruht.

Staub, Obst, Papier, in einer dicken Schicht,
So treibt der Kot aus seinen Röhren ganz.
Ein weißes Tanzkleid kommt, in fettem Glanz
Ein nackter Hals und bleiweiß ein Gesicht.

Die Leiche wälzt sich ganz heraus. Es bläht
Das Kleid sich wie ein weißes Schiff im Wind.
Die toten Augen starren groß und blind
Zum Himmel, der voll rosa Wolken steht.

Das lila Wasser bebt von kleiner Welle.
— Der Wasserratten Fährte, die bemannen
Das weiße Schiff. Nun treibt es stolz von dannen,
Voll grauer Köpfe und voll schwarzer Felle.

Die Tote segelt froh hinaus, gerissen
Von Wind und Flut. Ihr dicker Bauch entragt
Dem Wasser groß, zerhöhlt und fast zernagt.
Wie eine Grotte dröhnt er von den Bissen.

Sie treibt ins Meer. Ihr salutiert Neptun
Von einem Wrack, da sie das Meer verschlingt,
Darinnen sie zur grünen Tiefe sinkt,
Im Arm der feisten Kraken auszuruhn.

OPHELIA

I

Im Haar ein Nest von jungen Wasserratten,
Und die beringten Hände auf der Flut
Wie Flossen, also treibt sie durch den Schatten
Des großen Urwalds, der im Wasser ruht.

Die letzte Sonne, die im Dunkel irrt,
Versenkt sich tief in ihres Hirnes Schrein.
Warum sie starb? Warum sie so allein
Im Wasser treibt, das Farn und Kraut verwirrt?

Im dichten Röhricht steht der Wind. Er scheucht
Wie eine Hand die Fledermäuse auf.
Mit dunklem Fittich, von dem Wasser feucht
Stehn sie wie Rauch im dunklen Wasserlauf,

Wie Nachtgewölk. Ein langer, weißer Aal
Schlüpft über ihre Brust. Ein Glühwurm scheint
Auf ihrer Stirn. Und eine Weide weint
Das Laub auf sie und ihre stumme Qual.

II

Korn. Saaten. Und des Mittags roter Schweiß.
Der Felder gelbe Winde schlafen still.
Sie kommt, ein Vogel, der entschlafen will.
Der Schwäne Fittich überdacht sie weiß.

Die blauen Lider schatten sanft herab.
Und bei der Sensen blanken Melodien
Träumt sie von eines Kusses Karmoisin
Den ewigen Traum in ihrem ewigen Grab.

Vorbei, vorbei. Wo an das Ufer dröhnt
Der Schall der Städte. Wo durch Dämme zwingt
Der weiße Strom. Der Widerhall erklingt
Mit weitem Echo. Wo herunter tönt

Hall voller Straßen. Glocken und Geläut.
Maschinenkreischen. Kampf. Wo westlich droht
In blinde Scheiben dumpfes Abendrot,
In dem ein Kran mit Riesenarmen dräut,

Mit schwarzer Stirn, ein mächtiger Tyrann,
Ein Moloch, drum die schwarzen Knechte knien.
Last schwerer Brücken, die darüber ziehn
Wie Ketten auf dem Strom, und harter Bann.

Unsichtbar schwimmt sie in der Flut Geleit.
Doch wo sie treibt, jagt weit den Menschenschwarm
Mit großem Fittich auf ein dunkler Harm,
Der schattet über beide Ufer breit.

Vorbei, vorbei. Da sich dem Dunkel weiht
Der westlich hohe Tag des Sommers spät,
Wo in dem Dunkelgrün der Wiesen steht
Des fernen Abends zarte Müdigkeit.

Der Strom trägt weit sie fort, die untertaucht,
Durch manchen Winters trauervollen Port.
Die Zeit hinab. Durch Ewigkeiten fort,
Davon der Horizont wie Feuer raucht.

DER TOD DER LIEBENDEN

Durch hohe Tore wird das Meer gezogen
Und goldne Wolkensäulen, wo noch säumt
Der späte Tag am hellen Himmelsbogen
Und fern hinab des Meeres Weite träumt.

„Vergiß der Traurigkeit, die sich verlor
Ins ferne Spiel der Wasser, und der Zeit
Versunkner Tage. Singt der Wind ins Ohr
Dir seine Schwermut, höre nicht sein Leid.

Laß ab von Weinen. Bei den Toten unten
Im Schattenlande werden bald wir wohnen
Und ewig schlafen in den Tiefen drunten,
In den verborgenen Städten der Dämonen.

Dort wird uns Einsamkeit die Lider schließen.
Wir hören nichts in unserer Hallen Räumen,
Die Fische nur, die durch die Fenster schießen,
Und leisen Wind in den Korallenbäumen.

Wir werden immer beieinander bleiben
Im schattenhaften Walde auf dem Grunde.
Die gleiche Woge wird uns dunkel treiben,
Und gleiche Träume trinkt der Kuß vom Munde.

Der Tod ist sanft. Und die uns niemand gab,
Er gibt uns Heimat. Und er trägt uns weich
In seinem Mantel in das dunkle Grab,
Wo viele schlafen schon im stillen Reich."

Des Meeres Seele singt am leeren Kahn.
Er treibt davon, ein Spiel den tauben Winden
In Meeres Einsamkeit. Der Ozean
Türmt fern sich auf zu schwarzer Nacht, der blinden.

In hohen Wogen schweift ein Kormoran
Mit grünen Fittichs dunkler Träumerei.
Darunter ziehn die Toten ihre Bahn.
Wie blasse Blumen treiben sie vorbei.

Sie sinken tief. Das Meer schließt seinen Mund
Und schillert weiß. Der Horizont nur bebt
Wie eines Adlers Flug, der von dem Sund
Ins Abendmeer die blaue Schwinge hebt.

LETZTE WACHE

Wie dunkel sind deine Schläfen.
Und deine Hände so schwer.
Bist du schon weit von dannen,
Und hörst mich nicht mehr.

Unter dem flackenden Lichte
Bist du so traurig und alt,
Und deine Lippen sind grausam
In ewiger Starre gekrallt.

Morgen schon ist hier das Schweigen
Und vielleicht in der Luft
Noch das Rascheln von Kränzen
Und ein verwesender Duft.

Aber die Nächte werden
Leerer nun, Jahr um Jahr.
Hier wo dein Haupt lag, und leise
Immer dein Atem war.

MIT DEN FAHRENDEN SCHIFFEN ...

Mit den fahrenden Schiffen
Sind wir vorübergeschweift,
Die wir ewig herunter
Durch glänzende Winter gestreift.
Ferner kamen wir immer
Und tanzten im insligen Meer,
Weit ging die Flut uns vorbei,
Und Himmel war schallend und leer.

Sage die Stadt,
Wo ich nicht saß im Tor,
Ging dein Fuß da hindurch,
Der die Locke ich schor?
Unter dem sterbenden Abend
Das suchende Licht
Hielt ich, wer kam da hinab,
Ach, ewig in fremdes Gesicht.

Bei den Toten ich rief,
Im abgeschiedenen Ort,
Wo die Begrabenen wohnen;
Du, ach, warest nicht dort.
Und ich ging über Feld,
Und die wehenden Bäume zu Haupt
Standen im frierenden Himmel
Und waren im Winter entlaubt.

Raben und Krähen
Habe ich ausgesandt,
Und sie stoben im Grauen
Über das ziehende Land.
Aber sie fielen wie Steine
Zur Nacht mit traurigem Laut
Und hielten im eisernen Schnabel
Die Kränze von Stroh und Kraut.

Manchmal ist deine Stimme,
Die im Winde verstreicht,
Deine Hand, die im Traume
Rühret die Schläfe mir leicht;
Alles war schon vorzeiten.
Und kehret wieder sich um.
Gehet in Trauer gehüllet,
Streuet Asche herum.

DEINE WIMPERN, DIE LANGEN ...

An Hildegard K.

Deine Wimpern, die langen,
Deiner Augen dunkele Wasser,
Laß mich tauchen darein,
Laß mich zur Tiefe gehn.

20

Steigt der Bergmann zum Schacht
Und schwankt seine trübe Lampe
Über der Erze Tor,
Hoch an der Schattenwand,

Sieh, ich steige hinab,
In deinem Schoß zu vergessen,
Fern, was von oben dröhnt,
Helle und Qual und Tag.

An den Feldern verwächst,
Wo der Wind steht, trunken vom Korn,
Hoher Dorn, hoch und krank
Gegen das Himmelsblau.

Gib mir die Hand,
Wir wollen einander verwachsen,
Einem Wind Beute,
Einsamer Vögel Flug,

Hören im Sommer
Die Orgel der matten Gewitter,
Baden in Herbsteslicht,
Am Ufer des blauen Tags.

Manchmal wollen wir stehn
Am Rand des dunkelen Brunnens,
Tief in die Stille zu sehn,
Unsere Liebe zu suchen.

Oder wir treten hinaus
Vom Schatten der goldenen Wälder,
Groß in ein Abendrot,
Das dir berührt sanft die Stirn.

Göttliche Trauer,
Schweige der ewigen Liebe.

Hebe den Krug herauf,
Trinke den Schlaf.

Einmal am Ende zu stehen,
Wo Meer in gelblichen Flecken
Leise schwimmt schon herein
Zu der September Bucht.

Oben zu ruhn
Im Hause der durstigen Blumen,
Über die Felsen hinab
Singt und zittert der Wind.

Doch von der Pappel,
Die ragt im Ewigen Blauen,
Fällt schon ein braunes Blatt,
Ruht auf dem Nacken dir aus.

DIE SEEFAHRER

Die Stirnen der Länder, rot und edel wie Kronen
Sahen wir schwinden dahin im versinkenden Tag
Und die rauschenden Kränze der Wälder thronen
Unter des Feuers dröhnendem Flügelschlag.

Die zerflackenden Bäume mit Trauer zu schwärzen,
Brauste ein Sturm. Sie verbrannten, wie Blut,
Untergehend, schon fern. Wie über sterbenden Herzen
Einmal noch hebt sich der Liebe verlodernde Glut.

Aber wir trieben dahin, hinaus in den Abend der Meere
Unsere Hände brannten wie Kerzen an.
Und wir sahen die Adern darin, und das schwere
Blut vor der Sonne, das dumpf in den Fingern zerrann.

Nacht begann. Einer weinte im Dunkel. Wir schwammen
Trostlos mit schrägem Segel ins Weite hinaus.
Aber wir standen am Borde im Schweigen beisammen
In das Finstre zu starren. Und das Licht ging uns aus.

Eine Wolke nur stand in den Weiten noch lange,
Ehe die Nacht begann, in dem ewigen Raum
Purpurn schwebend im All, wie mit schönem Gesange
Über den klingenden Gründen der Seele ein Traum.

DIE TOTEN AUF DEM BERGE

Wir wurden auf den kahlen Berg geführt.
Wir sahen in den Lüften die Gerippe,
Die Hände auf dem Rücken festgeschnürt.
Im Winde sprang und tanzte ihre Sippe.

Wir stiegen auf den Leitern in den Kreis,
Sie grüßten uns mit einem leichten Gruße.
Die Haare klebten uns vom kalten Schweiß,
Da stieß uns fort der Henker mit dem Fuße.

Wir stürzten in das Nichts. Und da zerbrach
Mit einem Ruck der Knochen im Genicke,
Versanken wir in Träume allgemach,
Zu langem Schlafe hingen wir am Stricke.

Wir schliefen manches Jahr auf hoher Wacht.
Die Trauer schmolz uns aus im Luftgemache.
Wir wachten auf in einer Regennacht,
Da grüßten wir uns mit der Totensprache.

Wir waren kahl geworden, Jahr auf Jahr.
Kaum sproßte noch das Haar in weißen Strähnen.

Die Kiefer hingen schon, des Fleisches bar,
Wie alten Greisen, die den Tag vergähnen.

Doch jung ward in den Stürmen unser Hirn.
Wir tanzten an dem Strick mit lautem Tanz.
Statt Blumen trugen wir auf unsrer Stirn
Des Galgens Pech in einem schwarzen Kranz.

Wir wurden langsam braun von Zeit und Rost.
Der Hemdenstrick war unser Ordensband.
Wir hielten still, wenn nachts der Winterfrost
Den weißen Turban um das Haupt uns wand.

Wir sahn im März des Erdgotts Häupter steigen
Mit braunen Locken an des Landes Decke.
Den Frühlingssturm und warmer Winde Reigen.
Am Galgen schoß das Kraut im kahlen Flecke.

Wir sahn die Hügel voll mit kleinen Pflügen,
Des Landes weiten Sommer zu umfahren.
Wir tranken seinen Duft mit vollen Zügen,
Wenn er im Felde schlief mit gelben Haaren.

Wir säten Mißwachs aus. Schwarz stand das Korn,
Die Sommernächte wurden feucht und kalt.
Die Nesseln schossen wie ein Kiefernwald.
Aus nassen Äckern wand sich Dorn um Dorn.

Wir sahn die Dörfer leer von unsrem Berge.
Die schwarzen Kasten schwankten uns vorbei.
Der Erde offnes Maul ergriff die Särge,
Zermalmte in den Kiefern sie zu Brei.

Wir sahn die Pest am Rand der Wälder stehen,
Die Kutte saß ihr voll auf prallen Weichen.
Wir sahen nachts den Tod im Lande gehen,
Die Länder mähend mit den Riesenstreichen.

Wie tanzten wir in kühler Julinacht,
Da Sarg auf Sarg zur offnen Kelter fuhr.
Der gelbe Mond ging auf im Regen sacht,
Und warf der Tänzer Schatten durch die Flur.

So war es einst. Jetzt bin ich alt und grau,
Verwittert von den Stürmen und der Zeit.
Der Brüder Schädel wäscht der Morgentau
Im Unkraut weiß, wo sie der Wind verstreut.

Schon sind die Stricke alle leer und faul.
Wann wächst am Galgenbaum noch solche Frucht?
Der Regen sickert durch das offne Maul
Der weißen Schädel in der grünen Schlucht.

Wie einsam ist es nun im Frührotschein.
In Winterkälte frier ich wie ein Kind.
Der Juli glüht mir heiß im Schläfenbein.
O rissen doch die Stricke in dem Wind.

Wie geht die Zeit. Wie bleich sind Nacht und Tag.
Des Herbstes Leid wohnt mir in weißen Brauen,
Und immer hör ich Schrei und Flügelschlag
Der Dohlen, die im Haar mir Nester bauen.

LICHTER GEHEN JETZT DIE TAGE ...

Lichter gehen jetzt die Tage
In der sanften Abendröte
Und die Hecken sind gelichtet,
Drin der Städte Türme stecken
Und die buntbedachten Häuser.

Und der Mond ist eingeschlafen
Mit dem großen weißen Kopfe

Hinter einer großen Wolke.
Und die Straßen gehen bleicher
Durch die Häuser und die Gärten.

Die Gehängten aber schwanken
Freundlich oben auf den Bergen
In der schwarzen Silhouette,
Drum die Henker liegen schlafend,
Unterm Arm die feuchten Beile.

DIE SELBSTMÖRDER I

In Bäumen irrend, wo die Äste knacken,
Erschrecken sie bei jedem feuchten Schritte,
Zerhöhlt und morsch. Und ihrer Stirnen Mitte
In Schrecken wie ein weißes Feuer flackert.

Schon ist ihr Leben flach, das wie aus Pfannen
Dampft in die graue Luft, und macht sie leerer.
Sie sehn sich schielend um. Und ihre Augen querer
In Wasserbläue rinnen ganz zusammen.

Ihr Ohr hört vieles schon von dumpfem Raunen,
Wie Schatten stehn sie auf den dunklen Wegen,
Und Stimmen kommen ihnen schwach entgegen
Wachsend in jedem Teich und jedem Baume.

Und Hände streifen ihrer Nacken Schwere,
Die peitschen vorwärts ihre steifen Rücken.
Sie gehen ⟨schwankend⟩, wie auf schmalen Brücken,
Und wagen nicht zu fassen mehr ⟨das⟩ Leere.

Im Abendraum, ein dunkler Schneefall tröpfelt
Und wie von Tränen wird ihr Bart bereifet,
Und Dorn und Stachel wollen sie ergreifen,
Und lachen leise mit den Knister-Köpfen.

Wie Fische hängen sie in ihrer Schlinge.
Der Mitleids-Mond bricht aus mit großem Scheinen.
Sie strampeln mit den langen Knochenbeinen –
Im Dunkel sind die Fetzen toter Dinge.

DER BAUM

Am Wassergraben, im Wiesenland
Steht ein Eichbaum, alt und zerrissen,
Vom Blitze hohl, und vom Sturm zerbissen.
Nesseln und Dorn umstehn ihn in schwarzer Wand.

Ein Wetter zieht sich gen Abend zusammen.
In die Schwüle ragt er hinauf, blau, vom Wind nicht gerührt.
Von der leeren Blitze Gekränz umschnürt,
Die lautlos über den Himmel flammen.

Ihn umflattert der Schwalben niedriger Schwarm.
Und die Fledermäuse huschenden Flugs,
Um den kahlen Ast, der zuhöchst entwuchs
Blitzverbrannt seinem Haupt, eines Galgens Arm.

Woran denkst du, Baum, in der Wetterstunde
Am Rande der Nacht? An der Schnitter Gered,
In der Mittagsrast, wenn der Krug umgeht,
Und die Sensen im Grase ruhn in der Runde?

Oder denkst du daran, wie in alter Zeit
Einen Mann sie in deine Krone gehenkt,
Wie, den Strick um den Hals, er die Beine verrenkt,
Und die Zunge blau hing aus dem Maule breit?

Wie er da Jahre hing, und den Winter trug,
In dem eisigen Winde tanzte zum Spaß,
Und wie ein Glockenklöppel, den Rost zerfraß,
An den zinnernen Himmel schlug.

DER BAUM

Sonne hat ihn gesotten,
Wind hat ihn dürr gemacht,
Kein Baum wollte ihn haben,
Überall fiel er ab.

Nur eine Eberesche
Mit roten Beeren bespickt
Wie mit feurigen Zungen,
Hat ihm Obdach gegeben.

Und da hing er mit Schweben,
Seine Füße lagen im Gras.
Die Abendsonne fuhr blutig
Durch die Rippen ihm naß,

Schlug die Ölwälder alle
Über der Landschaft herauf,
Gott in dem weißen Kleide
Tat in den Wolken sich auf.

In den blumigen Gründen
⟨Ringelte⟩ Schlangengezücht,
⟨In⟩ den silbernen Hälsen
Zwitscherte dünnes Gerücht.

Und sie zitterten alle
Über dem Blätterreich,
Hörend die Hände des Vaters
Im hellen Geäder leicht.

DER ABEND

Versunken ist der Tag in Purpurrot,
Der Strom schwimmt weiß in ungeheurer Glätte.
Ein Segel kommt. Es hebt sich aus dem Boot
Am Steuer groß des Schiffers Silhouette.

Auf allen Inseln steigt des Herbstes Wald
Mit roten Häuptern in den Raum, den klaren.
Und aus der Schluchten dunkler Tiefe hallt
Der Waldung Ton, wie Rauschen der Kitharen.

Das Dunkel ist im Osten ausgegossen,
Wie blauer Wein kommt aus gestürzter Urne.
Und ferne steht, vom Mantel schwarz umflossen,
Die hohe Nacht auf schattigem Kothurne.

NACHT

Der graue Himmel hängt mit Wolken tief,
Darin ein kurzer, gelber Schein so tot
Hinirrt und stirbt, am trüben Ufer hin
Lehnen die alten Häuser, schwarz und schief

Mit spitzen Hüten. Und der Regen rauscht
In öden Straßen und in Gassen krumm.
Stimmen ferne im Dunkel. — Wieder stumm.
Und nur der dichte Regen rauscht und rauscht.

Am Wasser, in dem nassen Flackerschein
Der Lampen, manchmal geht ein Wandrer noch,
Im Sturm, den Hut tief in die Stirn hinein.

Und wenig kleine Lichter sind verstreut
Im Häuserdunkel. Doch der Strom zieht ewig
Unter der Brücke fort in Dunkel weit.

FRONLEICHNAMSPROZESSION

O weites Land des Sommers und der Winde,
Der reinen Wolken, die dem Wind sich bieten.
Wo goldener Weizen reift und die Gebinde
Des gelben Roggens trocknen in den Mieten.

Die Erde dämmert von den Düften allen,
Von grünen Winden und des Mohnes Farben,
Des schwere Köpfe auf den Stielen fallen
Und weithin brennen aus den hohen Garben.

Des Feldwegs Brücke steigt im halben Bogen,
Wo helle Wellen weiße Kiesel feuchten.
Die Wassergräser werden fortgezogen,
Die in der Sonne aus dem Bache leuchten.

Die Brücke schwankt herauf die erste Fahne.
Sie flammt von Gold und Rot. Die Seidenquasten
Zu beiden Seiten halten Kastellane
Im alten Chorrock, dem von Staub verblaßten.

Man hört Gesang. Die jungen Priester kommen.
Barhäuptig gehen sie vor den Prälaten.
Zu Flöten schallt der Meßgesang. Die frommen
Und alten Lieder wandern durch die Saaten.

In weißen Kleidchen kommen Kinder singend.
Sie tragen kleine Kränze in den Haaren.
Und Knaben, runde Weihrauchkessel schwingend,
Im Spitzenrock und roten Festtalaren.

Die Kirchenbilder kommen auf Altären.
Mariens Wunden brennen hell im Licht.
Und Christus naht, von Blumen bunt, die wehren
Die Sonne von dem gelben Holzgesicht.

Im Baldachine glänzt des Bischofs Krone.
Er schreitet singend mit dem heiligen Schrein.
Der hohe Stimmenschall der Diakone
Fliegt weit hinaus durch Land und Felderreih'n.

Der Truhen Glanz weht um die alte Tracht.
Die Kessel dampfen, drin die Kräuter kohlen.
Sie ziehen durch der weiten Felder Pracht,
Und matter glänzen die vergilbten Stolen.

Der Zug wird kleiner. Der Gesang verhallt.
Sie ziehn dahin, dem grünen Wald entgegen.
Er tut sich auf. Der Glanz verzieht im Wald,
Wo goldne Stille träumt auf dunklen Wegen.

Der Mittag kommt. Es schläft das weite Land,
Die tiefen Wege, wo die Schwalbe schweift,
Und eine Mühle steht am Himmelsrand,
Die ewig nach den weißen Wolken greift.

UND DIE HÖRNER DES SOMMERS
VERSTUMMTEN ...

Und die Hörner des Sommers verstummten im Tode der
Fluren,
In das Dunkel flog Wolke auf Wolke dahin.
Aber am Rande schrumpften die Wälder verloren,
Wie Gefolge der Särge in Trauer vermummt.

Laut sang der Sturm im Schrecken der bleichenden Felder,
Er fuhr in die Pappeln und bog einen weißen Turm.
Und wie der Kehricht des Windes lag in der Leere
Drunten ein Dorf, aus grauen Dächern gehäuft.

Aber hinaus bis unten am Grauen des Himmels
Waren aus Korn des Herbstes Zelte gebaut,

Unzählige Städte, doch leer und vergessen.
Und niemand ging in den Gassen herum.

Und es sank der Schatten der Nacht. Nur die Raben noch
irrten
Unter den drückenden Wolken im Regen hin,
Einsam im Wind, wie im Dunkel der Schläfen
Schwarze Gedanken in trostloser Stunde fliehn.

DIE RUHIGEN

Ernst Balcke gewidmet

Ein altes Boot, das in dem stillen Hafen
Am Nachmittag an seiner Kette wiegt.
Die Liebenden, die nach den Küssen schlafen.
Ein Stein, der tief im grünen Brunnen liegt.

Der Pythia Ruhen, das dem Schlummer gleicht
Der hohen Götter nach dem langen Mahl.
Die weiße Kerze, die den Toten bleicht.
Der Wolken Löwenhäupter um ein Tal.

Das Stein gewordene Lächeln eines Blöden.
Verstaubte Krüge, drin noch wohnt der Duft.
Zerbrochne Geigen in dem Kram der Böden.
Vor dem Gewittersturm die träge Luft.

Ein Segel, das vom Horizonte glänzt.
Der Duft der Heiden, der die Bienen führt.
Des Herbstes Gold, das Laub und Stamm bekränzt.
Der Dichter, der des Toren Bosheit spürt.

TRÄUMEREI IN HELLBLAU

Alle Landschaften haben
Sich mit Blau gefüllt.
Alle Büsche und Bäume des Stromes,
Der weit in den Norden schwillt.

Blaue Länder der Wolken,
Weiße Segel dicht,
Die Gestade des Himmels in Fernen
Zergehen in Wind und Licht.

Wenn die Abende sinken
Und wir schlafen ein,
Gehen die Träume, die schönen,
Mit leichten Füßen herein.

Zymbeln lassen sie klingen
In den Händen licht.
Manche flüstern, und halten
Kerzen vor ihr Gesicht.

DIE HOHEN GLOCKENSTÜHLE . . .

Die hohen Glockenstühle
Vor gelbem Himmel
Läuten noch immer.

Und unten die Ströme
Im Lärme der Städte
Ziehen hinaus
In goldenem Schimmer
Wie Straßen ⟨breit⟩.

Aber der Glocken Geläut
Geht auf den Strömen weit

In der riesigen Stadt
Unter den Brücken, den krummen.

Und hinten im Abend
Bei schwarzer Schiffe
Rauch und Verstummen
Ist es noch immer
Wie Bienensummen.

SPITZKÖPFIG KOMMT ER . . .

Spitzköpfig kommt er über die Dächer hoch
Und schleppt seine gelben Haare nach,
Der Zauberer, der still in die Himmelszimmer steigt
In vieler Gestirne gewundenem Blumenpfad.

Alle Tiere unten im Wald und Gestrüpp
Liegen mit Häuptern sauber gekämmt,
Singend den Mond-Choral. Aber die Kinder
Knien in den Bettchen in weißem Hemd.

Meiner Seele unendliche See
Ebbet langsam in sanfter Flut.
Ganz grün bin ich innen. Ich schwinde hinaus
Wie ein gläserner Luftballon.

HALBER SCHLAF

Die Finsternis raschelt wie ein Gewand,
Die Bäume torkeln am Himmelsrand.

Rette dich in das Herz der Nacht,
Grabe dich schnell in das Dunkele ein,

Wie in Waben. Mache dich klein,
Steige aus deinem Bette.

Etwas will über die Brücken,
Es scharret mit Hufen krumm,
Die Sterne erschraken so weiß.

Und der Mond wie ein Greis
Watschelt oben herum
Mit dem höckrigen Rücken.

DIE MÜHLEN

Die vielen Mühlen gehen und treiben schwer.
Das Wasser fällt über die Räder her
Und die moosigen Speichen knarren im Wehr.

Und die Müller sitzen tagein, tagaus
Wie Maden weiß in dem Mühlenhaus.
Und schauen oben zum Dache hinaus.

Aber die hohen Pappeln stehn ohne Wind
Vor einer Sonne herbstlich und blind,
Die matt in die Himmel geschnitten sind.

MARATHON

V

Orgie des Bunten. Pracht der Morgenländer.
Stets wechselnd wogt es an des Meeres Strande,
In Rot und Weiß und Gold im Sonnenbrande.
Der Krieger Panzer, Leiber, und Gewänder.

Unendliches Geschrei und lautes Lärmen,
Wie Herden brüllen in den großen Ställen.
Die Klänge fallen und die Klänge schwellen,
Wie ein Orkan entsteigen sie den Schwärmen.

Die Opferstiere schrein, die Tod erleiden.
Die Priester, die Kybeles Brüsten dienen,
Verkünden Sieg aus ihren Eingeweiden.

Die Feldherrn thronen unter Baldachinen,
Und wo sie reiten, neigt das Volk sich beiden.
Es küßt nach Perserbrauch den Staub nach ihnen.

VI

In ernster Strenge angeborener Zucht
Ziehn die Hopliten, die zur Wahlstatt steigen,
Wie Mauern stumm. Kein Paian bricht das Schweigen.
Doch hallt der Grund von der Sandalen Wucht.

Erhabene Größe der Demokratien!
Das Recht Europas zieht mit euch zu Meere.
Das Heil der Nachwelt tragt ihr auf dem Speere:
Der freien Völker große Harmonien.

Der Republiken Los in den Phalangen.
Der Haß der Freien gegen die Despoten.
Ihr kämpft für Recht, das macht euch frei von Bangen.

Dem Morgen zu! Der Völkerfreiheit Boten,
Unsterblichkeit auf ewig zu erlangen,
Wenn Abend ruht auf eurer Schlachtreihn Toten.

ROBESPIERRE

Er meckert vor sich hin. Die Augen starren
Ins Wagenstroh. Der Mund kaut weißen Schleim.
Er zieht ihn schluckend durch die Backen ein.
Sein Fuß hängt nackt heraus durch zwei der Sparren.

Bei jedem Wagenstoß fliegt er nach oben.
Der Arme Ketten rasseln dann wie Schellen.
Man hört der Kinder frohes Lachen gellen,
Die ihre Mütter aus der Menge hoben.

Man kitzelt ihn am Bein, er merkt es nicht.
Da hält der Wagen. Er sieht auf und schaut
Am Straßenende schwarz das Hochgericht.

Die aschengraue Stirn wird schweißbetaut.
Der Mund verzerrt sich furchtbar im Gesicht.
Man harrt des Schreis. Doch hört man keinen Laut.

LOUIS CAPET

Die Trommeln schallen am Schafott im Kreis,
Das wie ein Sarg steht, schwarz mit Tuch verschlagen.
Drauf steht der Block. Dabei der offene Schragen
Für seinen Leib. Das Fallbeil glitzert weiß.

Von vollen Dächern flattern rot Standarten.
Die Rufer schrein der Fensterplätze Preis.
Im Winter ist es. Doch dem Volk wird heiß,
Es drängt sich murrend vor. Man läßt es warten.

Da hört man Lärm. Er steigt. Das Schreien braust.
Auf seinem Karren kommt Capet, bedreckt,
Mit Kot beworfen, und das Haar zerzaust.

Man schleift ihn schnell herauf. Er wird gestreckt.
Der Kopf liegt auf dem Block. Das Fallbeil saust.
Blut speit sein Hals, der fest im Loche steckt.

MARENGO

Schwarzblau der Alpen, und der kahlen Flur,
Die Südsturm drohn. Mit Wolken tief verhangen
Ist grau das Feld. Ein ungeheures Bangen
Beengt den Tag. Den Atem der Natur

Stopft eine Faust. Hinab die Lombardei
Ist Totenstille. Und kein Gras, kein Baum.
Das Röhricht regt kein Wind im leeren Raum.
Kein Vogel streift in niedrer Luft vorbei.

Fern sieht man Wagen, wo sich langsam neigt
Ein Brückenpaar. Man hört den dumpfen Fall
Am Wasser fort. Und wieder droht und schweigt

Verhängnis dieses Tags. Ein weißer Ball,
Die erste der Granaten. Und es steigt
Der Sturm herauf des zweiten Praerial.

MIT WEISSEM HAAR . . .

Mit weißem Haar, in den verrufnen Orten,
Noch hinter Werchojansk, in öden Steppen,
Da schmachten sie, die ihre Ketten schleppen
Tagaus-tagein, die düsteren Kohorten.

In Bergwerksnacht, wo ihre Beile klingen
Wie von Zyklopen. Doch ihr Mund ist stumm.

Sturm singt. Wind pfeift. Vor ihnen weht und irrt
Ein Haufe alter Blätter kunterbunt.
Die Wächter schließen ihren Zug. Es klirrt
An ihrem Rock das große Schlüsselbund.

Das breite Tor geht auf im Riesenbau
Und wieder zu. Des Tages roter Rost
Bedeckt den Westen. Trübe in dem Blau
Zittert ein Stern im bittern Winterfrost.

Und ein paar Bäume stehn den Weg entlang
Im halben Licht verkrüppelt und beleibt.
Wie schwarz aus einer Stirn gekrümmt und krank
Ein starkes Horn steht und nach oben treibt.

DIE PROFESSOREN

Zu vieren sitzen sie am grünen Tische,
Verschanzt in seines Daches hohe Kanten.
Kahlköpfig hocken sie in den Folianten,
Wie auf dem Aas die alten Tintenfische.

Manchmal erscheinen Hände, die bedreckten
Mit Tintenschwärze. Ihre Lippen fliegen
Oft lautlos auf. Und ihre Zungen wiegen
Wie rote Rüssel über den Pandekten.

Sie scheinen manchmal ferne zu verschwimmen,
Wie Schatten in der weißgetünchten Wand.
Dann klingen wie von weitem ihre Stimmen.

Doch plötzlich wächst ihr Maul. Ein weißer Sturm
Von Geifer. Stille dann. Und auf dem Rand
Wiegt sich der Paragraph, ein grüner Wurm.

DER HUNGER

Er fuhr in einen Hund, dem groß er sperrt
Das rote Maul. Die blaue Zunge wirft
Sich lang heraus. Er wälzt im Staub. Er schlürft
Verwelktes Gras, das er dem Sand entzerrt.

Sein leerer Schlund ist wie ein großes Tor,
Drin Feuer sickert, langsam, tropfenweis,
Das ihm den Bauch verbrennt. Dann wäscht mit Eis
Ihm eine Hand das heiße Speiserohr.

Er wankt durch Dampf. Die Sonne ist ein Fleck,
Ein rotes Ofentor. Ein grüner Halbmond führt
Vor seinen Augen Tänze. Er ist weg.

Ein schwarzes Loch gähnt, draus die Kälte stiert.
Er fällt hinab, und fühlt noch, wie der Schreck
Mit Eisenfäusten seine Gurgel schnürt.

DER AFFE

I

Er zittert oben hoch auf dem Kamel
In einem roten Rock auf seinem Brette.
Er klettert schnell herab auf den Befehl
Und schleift am Fuße nach die dünne Kette.

Er hüpft auf einem Bein. Er schlägt behende
Das Tamburin und bläst auf der Schalmei.
Dann geht er ab den Kreis und streckt die Hände
Nach Pfennigen aus, und dankt wie ein Lakai.

In seinem Auge rollt ein Feuer, weiß
Kalt wie ein Frosch, und seine Stirn gerinnt

In viele Runzeln, wie ein Greis
Uralt, und wie ein neugebornes Kind.

II

Er hält der Schläfer und der Wagen Wacht
Und hockt auf einem Stein an der Chaussee.
Tief in ihm klopft das Rätsel, und die Nacht
Des Eingekerkerten, das dunkle Weh.

Es kratzt in ihm nach einer kleinen Pforte,
Er sieht sich um voll Angst und starrt herauf
Zum Kreis der Sterne, die dem dunklen Orte
Schwach leuchten, in der dumpfen Stunden Lauf.

Das dunkle Volk der flatternden Plejaden
Huscht wie ein Fledermäuse-Schwarm dahin.
Der Wagen zieht auf seinen dunklen Pfaden
Stumm fort und ohne Last seit Urbeginn.

Es staunt das Tier. Da kommt mit gelbem Hut
Der Mond gerannt und stolpert durch den Grund.
Da duckt es sich, und matt verrollt sein Blut
Gebunden wieder in den Adern rund.

DIE SEILTÄNZER

Sie gehen über den gespannten Seilen
Und schwanken manchmal fast, als wenn sie fallen.
Und ihre Hände schweben über allen,
Die flatternd in dem leeren Raum verweilen.

Das Haus ist übervoll von tausend Köpfen,
Die wachsen aus den Gurgeln steil, und starren

Wo oben hoch die dünnen Seile knarren.
Und Stille hört man langsam tröpfeln.

Die Tänzer aber gleiten hin geschwinde
Wie weiße Vögel, die die Wandrer narren
Und oben hoch im leeren Baume springen.

Wesenlos, seltsam, wie sie sich verrenken
Und ihre großen Drachenschirme schwingen,
Und dünner Beifall klappert auf den Bänken.

HYMNE

Unendliche Wasser rollen über die Berge,
Unendliche Meere kränzen die währende Erde,
Unendliche Nächte kommen wie dunkele Heere
Mit Stürmen herauf, die oberen Wolken zu stören.

Unendliche Orgeln brausen in tausend Röhren,
Alle Engel schreien in ihren Pfeifen,
Über die Türme hinaus, die gewaltig schweifen
In Ewiger Räume verblauende Leere.

Aber die Herzen, im unteren Leben verzehret,
Bei dem schmetternden Schallen verzweifelter Flöten
Hoben wie Schatten sich auf im tödlichen Sehnen,
Jenseits lieblicher Abendröten.

DER FÜNFTE OKTOBER

Am 5. Oktober sollten die Brotkarren aus der Provence nach Paris kommen. Der Stadtrat hatte es an allen Straßenecken in seinen großen roten Lettern anschlagen lassen. Und das Volk trieb sich den ganzen Tag vor ihnen herum wie vor den Toren einer neuen und ungeheuren Offenbarung. Ausgehungert bis in die Knochen träumte es da von Paradiesen der Sättigung, ungeheuren Weizenfladen, weißen Mehlpasteten, die in allen Garküchen prasseln würden.

Alle Schlote sollen rauchen. Man wird die Bäcker an die Laternen hängen, man wird selber braten, man wird seinen Arm bis über die Ellenbogen in Mehl tauchen. Das weiße Zeug wird die Straßen wie ein fruchtbarer Schnee überziehen, der Wind wird es vor der Sonne hintreiben wie eine dicke Wolke.

Auf allen Straßen werden große Tische aufgestellt werden, Paris wird ein großes, gemeinsames Mahl abhalten, einen gewaltigen Sabbath.

Die Menschen drängten sich vor den verschlossenen Kellern der Bäckereien und schielten herab auf die leeren Backtröge, die hinter den Gitterfenstern standen, sie sahen vergnügt auf die schwarzen Mäuler der riesigen Backöfen, die ohne Feuer standen, und wie sie, nach Brot hungerten.

An einer Straße eines Viertels am Mont Parnasse wurde eine Bäckerei erbrochen, mehr aus Langerweile, um sich die Zeit zu vertreiben, als aus der Hoffnung, in den Kästen noch Brot zu finden.

Drei Mann, Kohlenträger aus St. Antoine, brachten den Bäcker heraus. Sie warfen ihm seine weiße Perücke hinunter und stellten ihn unter die verbogene Lampe seiner Tür. Der eine riß seinen Hosenbund ab, drehte eine Schlinge und warf sie dem Bäcker um den Hals. Dann hielt er ihm seine schwarze Faust unter das Gesicht und schrie ihn an: „Du verfluchter Mehlwurm, jetzt werden wir dich aufhängen.“

Der Bäcker fing an zu jammern, und sah sich unter den Umstehenden nach Beistand um. Aber er sah nur lauter grinsende Gesichter.

Der Schuster Jacobus trat vor und sagte zu den Vorstädtern: „Meine Herren, wir wollen das Schwein laufen lassen, aber er muß mir erst ein Gebet nachsprechen."

„Ja, ein Gebet nachsprechen", wimmerte der Bäcker. „Lassen Sie mich ein Gebet nachsprechen."

Jacobus fing an: „Ich bin der verfluchte Saubäcker."

Der Bäcker sprach nach: „Ich bin der verfluchte Saubäcker."

Jacobus: „Ich bin der schwarze Mehljude, ich stinke auf tausend Meter."

Der Bäcker: „Ich bin der schwarze Mehljude, ich stinke auf tausend Meter."

Jacobus: „Ich bete alle Tage zu den vierzehn Nothelfern, daß niemand merken soll, was ich alles in das Brot tue."

Der Bäcker wiederholte auch das.

Das Publikum wieherte. Eine alte Frau setzte sich auf die Treppenstufen und gackerte vor Lachen wie eine alte Henne beim Eierlegen.

Jacobus konnte selber vor Lachen nicht mehr weiter.

Eine Weile ging dieses komische Anathema noch fort, zuletzt wurde die erbärmliche Gestalt den Leuten zu langweilig. Man ließ ihn stehen mit seinem Strick um den Hals.

Es begann stark zu regnen, die Leute traten unter die Dächer. Der Bäcker war fort. Nur seine weiße Perücke lag noch mitten auf dem Platze und begann, sich im Regen aufzulösen. Ein Hund nahm sie in das Maul und schleppte sie fort.

Allmählich ließ der Regen nach, und die Menschen traten wieder auf die Straße. Der Hunger begann sie wieder zu beißen. Ein Kind fiel in Krämpfe, die Umstehenden sahen zu und gaben gute Ratschläge.

Auf einmal hieß es: „Die Brotkarren sind da! Die Brotkarren sind da!" Die ganze Straße hinab lief das Geschrei. Und die ganze Straße begann, sich aus den Toren hinauszudrängen. Sie kamen an das Land, in die kahlen Felder, sie sahen einen verlassenen Himmel und die lange Reihe von Pappelbäumen der Chaussee, die hinten in dem armseligen Horizont der Ebenen untertauchten. Ein Stoß Raben flog über sie vor dem Winde her, den Städten zu.

Die Menschenströme gossen sich in die Felder. Manche hatten leere Säcke auf den Schultern, andere Fleischermollen, Kessel, um das Brot fortzubringen.

Und sie warteten auf die Karren, den Rand des Himmels durchforschend, wie ein Volk Astronome, das nach einem neuen Gestirn sucht.

Sie harrten und harrten, aber sie sahen nichts als den Wolkenhimmel und den Sturm, der die hohen Bäume hin- und herbog.

Von einer Kirche schlug es in die stummen Massen langsam die Mittagsstunde. Da begannen sie, sich zu besinnen, daß sie sonst um diese Zeit um volle Tische gesessen hatten, auf deren Mitte wie ein dicker König ein weißer Laib Brotes geprangt hatte. Und das Wort „Pain" zwang sich mit seiner ganzen Weiße, seiner Fette, in das Gehirn der Masse, und lag darin wie ein Stein in der Sonne, riesig, groß, knusprig, zum Anschneiden. Sie schlossen die Augenlider, und sie fühlten den Saft des Weizens über ihre Hände tröpfeln. Sie fühlten die Wärme, die heilige Wolke der Backöfen, eine rosige Flamme, die die weißen Brotlaibe röstete und schwärzte.

Und ihre Hände zitterten vor Verlangen nach dem Mehl. Sie fröstelten vor Hunger, und ihre Zungen begannen, im leeren Munde zu kauen, sie begannen, die Luft zu schlucken, und ihre Zähne schlugen willenlos aufeinander, als zermalmten sie die weißen Bissen.

Manchen hingen ihre Sacktücher aus dem Munde, und ihre großen Zähne kauten darauf herum, langsam, wie Maschinen. Sie hatten ihr eingefallenes Auge geschlossen und wiegten ihre Köpfe über ihren Zulp im Takte einer geheimnisvollen, quälerischen Musik.

Andere saßen auf den Prellsteinen an der Straße und weinten vor Hunger, während sich um ihre Knie große magere Hunde herumtrieben, denen die Knochen fast durch das Fell stachen.

Eine schreckliche Müdigkeit befiel die regungslosen Massen, eine ungeheure Apathie fiel lähmend wie eine dicke Decke auf ihre weißen Gesichter.

Ach, sie hatten keinen Willen mehr. Der Hunger begann ihn langsam zu ersticken und sie in einem schrecklichen Schlaf und der Marter seiner Träume zu entmannen.

Weit um sie herum lief die Ebene Frankreichs herab, verzäumt von gespenstigen Mühlen, die rings um den Horizont standen wie Türme oder riesige Gottheiten des Kornes, die mit den Armen ihrer großen Flügel Mehlwolken aufstäubten, als dampfe Weihrauch um ihre großen Häupter.

Ungeheure Tafeln standen am Rande Frankreichs, die unter der Last der großen Schüsseln zu schwanken begannen. Man winkte sie her. Aber sie waren auf große Folterbetten gebunden, und ihr Blut hatte das furchtbare Opium des Hungers betäubt und in schwarze Schlacke erstarrt. Sie wollten schreien: „Brot, Brot, nur einen Bissen, Erbarmen, Barmherzigkeit, nur einen Bissen, lieber Gott." Aber sie konnten ihre Lippen nicht aufmachen, schrecklich, sie waren stumm. Schrecklich, sie konnten kein Glied rühren, sie waren gelähmt.

Und die schwarzen Träume flatterten über die Haufen, die zu Klumpen geballt beieinander standen und lagen wie ein Heer, verurteilt zum ewigen Tode, geschlagen mit ewiger Stummheit, verflucht, wieder in den Bauch von Paris unterzutauchen, zu leiden, zu hungern, geboren zu werden und zu sterben in einem Meer der schwarzen Finsternis, der Fronden, des Hungers und der Sklaverei, erdrückt von blutgierigen Steuerpächtern, ausgemergelt von der ewigen Auszehrung, entnervt von dem ewigen Rauch der Gassen und wie ein altes Pergament verwelkt von der beizenden Luft ihrer niedrigen Höhlen, verdammt, einst zu erstarren im Schmutze ihrer Betten und in einem letzten Seufzer den Priester zu verfluchen, der gekommen war im Namen seines Gottes, im Namen des Staates und der Autorität, ihnen zum Dank für die Geduld ihres elenden Lebens die letzten Groschen zu Kirchenvermächtnissen abzupressen.

Niemals schien eine Sonne in ihre Gräber. Was kannten sie von ihr in ihren gräßlichen Löchern? Sie sahen sie manchmal mittags über die Stadt hinschweben, betäubt von ihrem Qualm, in dicke Wolken gehüllt, eine Stunde oder zwei. Und dann verschwand sie. Die Schatten kamen wieder unter den Häusern hervor und krochen an ihnen hoch, schwarze Polypen der Gasse mit ihrer kalten Umarmung.

Wie oft hatten sie an den Gärten von Luxembourg gestanden, und durch die Spaliere der Grenadiere auf die weiten sonnigen Wiesen geschaut. Und sie hatten die Tänze der Hofdamen angeglotzt, die Hirtenstöcke der goldbetreßten Kavaliere, die Bücklinge der Mohren, die Tabletten voll Orangen, Biskuits, Konfekt, die goldene Karosse, in der die Königin langsam durch den Park fuhr wie eine syrische Göttin, eine ungeheure Astarte, starrend von weißer Seide und glitzernd wie eine Heilige von tausend Perlen.

O, wie oft hatten sie von dem Duft, der Würze des Moschus getrunken, wie oft waren sie beinahe erstickt von den Wohlgerüchen des Ambra, die aus dem Park des Luxembourg zogen wie aus einem geheimnisvollen Tempel. O, man hätte sie doch einmal hereinlassen können, einmal auf einem solchen Samtstuhl zu sitzen, einmal in einem solchen Wagen zu fahren. Sie hätten mit Vergnügen die ganze Nationalversammlung totgeschlagen, sie hätten dem König die Füße geküßt, wenn er sie einmal für eine Stunde ihren Hunger und die kahlen Felder verzweifelter Ernten hätte vergessen machen.

Und sie zerpreßten sich ihre Nasen an den Eisenstäben der Gitter, sie steckten ihre Hände hindurch, Scharen von Bettlern, Herden von Ausgestoßenen und Wimmernden. Und ihr schrecklicher Geruch zog in den Park wie eine Wolke düsteren Abendrotes, das einem schrecklichen Morgen voraufgeht. Sie hatten sich an das Gitter gehängt wie gräßliche Spinnen, und ihre Augen waren weit in den Park hinausgewandert, in seine abendlichen Wiesen, seine Hecken, seine Lorbeergänge, seine Marmorfiguren, die von ihrem Postament herab ihnen ihr süßliches Lächeln zukehrten. Kleine Liebesgötter, Putten, dick wie gemästete Gänse, mit Armen, die weißen ausgestopften Würsten glichen, zielten nach ihrem aufgerissenen Mund ihre Liebespfeile und winkten ihnen mit dem steinernen Köcher, während auf ihre Schultern wie ein Klotz die Arme der Gerichtsvollzieher fielen, die gekommen waren, sie in die Schuldtürme zu werfen.

Die Schläfer stöhnten, und die Wachenden beneideten sie um ihren Schlaf.

⟋ Sie sahen vor sich hin, voraus, die Straße hinab nach den Brotkarren, die ausgestorbene Straße, die die Schrecken der Revolution verödet hatten und die wie ein toter Darm keine Zufuhren mehr in den Bauch Frankreichs hineinwarf. Sie war weiß und lief endlos in einen tauben Himmel, der, fett wie ein Pfaffengesicht, feist wie eine Bischofsbacke und ohne Runzeln wie ein gemästeter Bettelmönch, seine fahle Stirn am Horizont zeigte. Er war friedlich wie eine Dorfmesse, er war von kleinen, grauen Nachmittagswolken sanft eingerahmt wie ein alter Abbé, der nach dem Mittagessen in seiner Sakristei, im Lehnstuhl sanft versargt, schlummert, während ihm die Locken seiner Perücke in die Stirn fallen.

Die Lumpen der Menschenherden verbreiteten einen entsetzlichen Gestank. Ihre schmutzigen Halsbinden flatterten um ihre grauen Gesichter. Ersticktes Weinen verflog durch das entsetzliche Schweigen. Soweit man sah, stachen ihre durchlöcherten Dreispitze in die Luft, auf denen manchmal schmutzige Straußfedern tanzten. Die zerstreuten schwarzen Figuren der Massen glichen den erstarrten Pas eines düsteren Menuetts, einem Tanze des Todes, den er mit einem Male hinter sich hatte erstarren lassen, verwandelt in einen riesigen, schwarzen Steinhaufen, gebannt und erfroren von den Qualen, Säulen des Schweigens. Unzählige Lots, die die Flamme eines höllischen Gomorra in ewige Starre geschmolzen hatte.

Hoch über ihnen in dem kalten Oktoberhimmel ging der eiserne Pflug der Zeit, der seine Felder ackerte mit Kummer,

besäte mit Not, auf daß daraus eines Tages die Flamme der
Rache aufginge, auf daß eines Tages die Arme dieser Tau-
sende leicht würden, beschwingt und fröhlich wie leichte Tauben beim Schnitterdienste der Guillotinenmesser, auf daß
eines Tages sie wie Götter der Zukunft unter den Himmel
treten könnten, barhäuptig, in dem ewigen Pfingsten einer
unendlichen Morgenröte.

Aus dem weißlichen Himmel am fernen Ende der Land-
straße löste sich ein schwarzer Punkt.

Die Vordersten sahen ihn, sie machten einander aufmerk-
sam. Die Schläfer erwachten und sprangen auf. Alle sahen die
Straße hinab. War dieser schwarze Punkt das Mekka ihrer
Hoffnung, war das ihre Erlösung?

Für einige Augenblicke glaubten sie alle daran, sie zwan-
gen sich, daran zu glauben.

Aber der Punkt wuchs zu schnell. Jetzt sahen es alle, das
war nicht der langsame Zug vieler Karren, das war keine
Mehlkarawane. Und die Hoffnung verlor sich im Winde und
verließ ihre Stirnen.

Aber was war das? Wer ritt so toll? Wer hatte in dieser toten Zeit einen Grund, so zu reiten?

Ein paar Männer kletterten auf die dicken Weiden und
spähten über die Köpfe der Massen.

Jetzt sahen sie ihn und schrien seinen Namen herab. Es
war Maillard. Maillard von der Bastille. Maillard vom
14. Juli.

Und da kam er heran, mitten unter die Volkshaufen. Er
hielt an, und dann bekam er nur ein Wort heraus. „Verrat!"
schrie er.

Da brach der Orkan los. „Verrat, Verrat!" Einige zehn
Mann faßten ihn an und hoben ihn auf ihre Schultern. Er
stand oben, mit der einen Hand sich an einen Baum stüt-
zend, ohnmächtig vor Anstrengung, fast blind vom Schweiß,
der ihm aus seinem schwarzen Haar um die Augen lief.

Maillard will reden, hieß es. Da trat eine furchtbare Ruhe
ein. Alle warteten, warteten mit dem furchtbaren Warten der
Massen vor dem Aufruhr, in den furchtbaren Sekunden, in

denen die Zukunft Frankreichs gewogen ward, bis die Schale voll Fesseln, Kerkern, Kreuzen, Bibeln, Rosenkränzen, Kronen, Zeptern, Reichsäpfeln, gebettet in die falsche Sanftmut bourbonischer Lilien, voll hohler Worte, Versprechungen, Tafeln voll königlicher Eidbrüche, ungerechter Urteile, harmloser Privilegien, dieser ungeheure Berg alles dessen, mit dem die Jahrtausende Europa betrogen hatten, langsam zu sinken begann.

Maillard schwang sich in den Baum herauf.

Aus seiner kahlen Kanzel herab warf er seine furchtbaren Worte über die Menschen dahin, über die kahlen Felder, die düsteren Wälle, die schwarzen Zugbrücken, überladen von Menschen, in die Tunnels der Tore, über die Dächer von Paris, in die Höfe und Gäßchen der düsteren Faubourgs, in alle die Burgen des Elends weit hinaus, wo unter der Erde in den Kanälen bei den Quartieren der Ratten noch ein verdammtes Ohr war, das seine Worte vernahm.

„An die Nation! Ihr Armen, ihr Verfluchten, ihr Ausgestoßenen! Man verrät euch. Man preßt euch aus. Ihr werdet bald nackt herumlaufen, auf den Treppen werdet ihr sterben, und aus euren starren Händen werden die Steuerpächter, die Schergen des Capets, Bluthunde des Bluthundes, Spinnen der Spinne, eure letzten Groschen reißen.

Wir sind verlassen, wir sind verstoßen, und es geht mit uns zu Ende. Sie werden uns bald den letzten Rock vom Leibe reißen. Aus unseren Hemden werden sie uns Stricke drehen. Wir werden mit unserem Leibe die kotigen Straßen pflastern, damit die Wagen der Henker trocken darüber fahren. Warum sollten wir auch nicht sterben? Denn wir verpesten mit unsern Leibern die Luft, wir stinken, man faßt uns nicht an, nicht wahr? Warum sollten wir nicht sterben? Was können wir auch tun? Wir können uns ja nicht wehren? Wir sind mürbe gemacht, wir sind stumm gemacht.

Man hat künstliche Teuerungen erzielt, man hat uns ausgehungert, der Hunger hat uns totgemacht.“

Jedes Wort fiel wie ein schwerer Stein in das Volk. Bei jeder Silbe warf er seine Arme nach vorn, als wollte er mit dem Bombardement seiner Worte den Horizont selber ins Wanken bringen.

„Wißt ihr, was diese Nacht geschehen ist?

Die Königin –"

„Ha, die Königin", und die Massen wurden noch stiller, als sie den verhaßten Namen hörten.

„Die Königin, wißt ihr, was die alte Hure getan hat? Drei Regimenter Dragoner hat sie nach Versailles kommen lassen. Die liegen in allen Häusern, und die Leute der Versammlung wagen kaum noch zu reden. Mirabeau ist klein geworden wie ein Zwerg, und die anderen alle können sich kaum noch zu einem dürftigen Räuspern aufschwingen. Es ist eine Schande, das zu sehen. Wofür haben sie im Ballhause geschworen, diese Komödianten der Freiheit? Wofür habt ihr euer Blut bei der Bastille gelassen? Es war alles umsonst, hört ihr, umsonst.

Ihr müßt wieder in eure Höhlen kriechen, die Freiheitsfackel ist ein kleines Nachtlicht geworden, eine kleine Tranfunzel. Gut genug, um euch wieder in eure Löcher zu leuchten.

In drei Tagen wird Broglie mit seinen Truppen hier sein. Die Versammlung wird nach Hause geschickt, die Folter wird wieder aufgerichtet. Die Bastille wird wieder aufgebaut. Die Abgaben werden wieder gezahlt. Alle Kerker sperren schon ihre Mäuler auf.

Euer Hunger wird nicht gestillt werden, verzweifelt getrost. Der König hat die Brotkarren noch vor Orleans anhalten lassen und sie wieder nach Hause geschickt."

Seine Worte gingen unter in dem Schrei der Wut. Ein ungeheurer Sturm geballter Fäuste schüttelte sich in der Luft. Die Massen begannen zu schwanken, wie ein ungeheurer Malstrom, rund um seinen Baum.

Und der Baum ragte heraus aus dem Meere der Schreie, aus den kreisenden Flächen der verzerrten Gesichter, aus dem Echo des Zornes, das wie ein schwarzer, riesiger Wirbelwind vom Himmel zurückkam und ihn im Kreise zu erschüttern begann, daß er dröhnte wie der Klöppel einer ehernen Glocke.

Der Baum ragte heraus wie von düsteren Flammen angezündet, eine kalte Lohe, die ein Dämon aus dem Abgrund hatte aufschießen lassen.

Hoch oben in seinem fahlen Geäst hing Maillard wie ein riesiger schwarzer Vogel und warf seine Arme im Kreise hin und her, als wollte er sich zum Fluge über die Menschenmassen anschicken in den Abend hinaus, ein Dämon der Verzweiflung, ein schwarzer Belial, der Gott der Masse, der düstres Feuer aus seinen Händen warf.

Aber in seiner Stirn, die das dunkle Licht wie mit überirdischer Weiße übergoß, spiegelte ein goldener Strahl, der durch die Wolken kam, hoch über dem Chaos aus dem Zenith des Himmels.

Nur ein kleiner Streifen am Westhimmel war hell geworden, dort war der Himmel über die Felder gespannt wie ein Teppich von seidener Bläue, der noch von den Erinnerungen eines verschwiegenen Schäferspiels träumte.

Aus dem Toben der Massen heraus schallte plötzlich zweimal von einer lauten Stimme gerufen im Paroxysmus eines gellenden Diskantes der Ruf: „Nach Versailles, nach Versailles!" Es war, als hätte es die riesige Masse selber gerufen, als hätte ein Wille das ausgesprochen, was in den Tausenden der Köpfe sich wälzte. Da war ein Ziel. Das war kein Chaos mehr, die Menschenmassen waren mit einem Schlage ein furchtbares Heer. Wie ein riesiger Magnet riß der Westhimmel ihre Köpfe herum, wo Versailles ihrer harrte. Diese Straße würden sie jetzt gehen, sie würden nicht mehr warten. Die Kräfte, die der Sturm der Verzweiflung in ihnen aufgewühlt hatte, hatten einen Willen, einen Weg. Der Damm war gebrochen.

Die ersten Reihen setzten sich spontan in Marsch. In Reihen zu vieren, zu fünfen, soweit die Breite der Straße es erlaubte.

Maillard sah das. Er kletterte, so schnell er konnte, von seinem Baum herab, rief drei Mann, die er kannte, zu sich und rannte mit ihnen über die Felder an den Massen entlang, bis er ihre Spitze erreichte. Da stellte er sich mit seinen Leuten dem Strome entgegen und versuchte, auf sie einzureden, sie sollten einen Führer wählen, Waffen holen. Aber er wurde nicht gehört. Jetzt war seine Stimme wie die eines jeden anderen, der diese eisernen Bataillone hätte aufhalten wollen. Die Massen stießen ihn zur Seite, sie überschwemmten die kleine Mauer der vier Mann und rissen Maillard und seine Leute mit sich die Straße hinab.

Ein unsichtbarer Führer führte sie, eine unsichtbare Fahne wehte vor ihnen her, ein riesiges Panier wallte im Winde, das ein ungeheurer Fahnenträger vor ihnen hertrug. Ein blutrotes Banner war entfaltet. Eine gewaltige Oriflamme der Freiheit, die mit einem purpurnen Fahnentuche im Abendhimmel ihnen vorausflackerte wie eine Morgenröte.

Sie alle waren unzählige Brüder geworden, die Stunde der Begeisterung hatte sie aneinandergeschweißt.

Männer und Weiber durcheinander, Arbeiter, Studenten, Advokaten. Weiße Perücken, Kniestrümpfe und Sansculotten, Damen der Halle, Fischweiber, Frauen mit Kindern auf dem Arm, Stadtsoldaten, die ihre Spieße wie Generale über der Masse schwangen, Schuster mit Lederschürzen und Holzpantoffeln, Schneider, Gastwirte, Bettler, Strolche, Vorstädter, zerlumpt und zerrissen, ein unzähliger Zug.

Barhäuptig zogen sie die Straße hinab, Marschlieder erschallten. Und an Spazierstöcken trugen sie rote Taschentücher wie Standarten.

Ihre Leiden waren geadelt, ihre Qualen waren vergessen, der Mensch war in ihnen erwacht.

Das war der Abend, wo der Sklave, der Knecht der Jahrtausende seine Ketten abwarf und sein Haupt in die Abendsonne erhob, ein Prometheus, der ein neues Feuer in seinen Händen trug.

Sie waren waffenlos, was schadete das, sie waren ohne Kommandanten, was tat das? Wo war nun der Hunger, wo waren die Qualen?

Und das Abendrot lief über sie hin, über ihre Gesichter und brannte auf ihre Stirnen einen ewigen Traum von Größe. Die ganze meilenweite Straße brannten tausend Köpfe in seinem Lichte wie ein Meer, ein urewiges Meer.

Ihre Herzen, die in der trüben Flut der Jahre, in der Asche der Mühsal erstickt waren, fingen wieder an, zu brennen, sie entzündeten sich an diesem Abendrot.

Sie gaben sich die Hände auf dem Marsche, sie umarmten sich. Sie hatten nicht umsonst gelitten. Sie wußten alle, daß die Jahre der Leiden vorbei waren, und ihre Herzen zitterten leise.

Eine ewige Melodie erfüllte den Himmel und seine purpurne Bläue, eine ewige Fackel brannte. Und die Sonne zog ihnen voraus, den Abend herab, sie entzündete die Wälder, sie verbrannte den Himmel. Und wie göttliche Schiffe, bemannt mit den Geistern der Freiheit, segelten große Wolken in schnellem Winde vor ihnen her.

Aber die gewaltigen Pappeln der Straße leuchteten wie große Kandelaber, jeder Baum eine goldene Flamme, die weite Straße ihres Ruhmes hinab.

EINE FRATZE

Unsere Krankheit ist unsere Maske.

Unsere Krankheit ist grenzenlose Langeweile.

Unsere Krankheit ist wie ein Extrakt aus Faulheit und ewiger Unrast.

Unsere Krankheit ist Armut.

Unsere Krankheit ist, an einen Ort gefesselt zu sein.

Unsere Krankheit ist, nie allein sein können.

Unsere Krankheit ist, keinen Beruf zu haben, hätten wir einen, einen zu haben.

Unsere Krankheit ist Mißtrauen gegen uns, gegen andere, gegen das Wissen, gegen die Kunst.

Unsere Krankheit ist Mangel an Ernst, erlogene Heiterkeit, doppelte Qual. Jemand sagte zu uns: Ihr lacht so komisch. Wüßte er, daß dieses Lachen der Abglanz unserer Hölle ist, der bittere Gegensatz des: „Le sage ne rit qu'en tremblant" Baudelaires.

Unsere Krankheit ist der Ungehorsam gegen den Gott, den wir uns selber gesetzt haben.

Unsere Krankheit ist, das Gegenteil dessen zu sagen, was wir möchten. Wir müssen uns selber quälen, indem wir den Eindruck auf den Mienen der Zuhörer beobachten.

Unsere Krankheit ist, Feinde des Schweigens zu sein.

Unsere Krankheit ist, in dem Ende eines Welttages zu leben, in einem Abend, der so stickig ward, daß man den Dunst seiner Fäulnis kaum noch ertragen kann.

Begeisterung, Größe, Heroismus. Früher sah die Welt manchmal die Schatten dieser Götter am Horizont. Heut sind sie Theaterpuppen. Der Krieg ist aus der Welt gekommen, der ewige Friede hat ihn erbärmlich beerbt.

Einmal träumte uns, wir hätten ein unnennbares, uns selbst unbekanntes Verbrechen begangen. Wir sollten auf eine diabolische Art hingerichtet werden, man wollte uns einen Korkzieher in die Augen bohren. Es gelang uns aber noch zu entkommen. Und wir flohen – im Herzen eine ungeheure Traurigkeit – eine herbstliche Allee dahin, die ohne Ende durch die trüben Reviere der Wolken zog.

War dieser Traum unser Symbol?

Unsere Krankheit. Vielleicht könnte sie etwas heilen: Liebe. Aber wir müßten am Ende erkennen, daß wir selbst zur Liebe zu krank wurden.

Aber etwas gibt es, das ist unsere Gesundheit. Dreimal „Trotzdem" zu sagen, dreimal in die Hände zu spucken wie ein alter Soldat, und dann weiter ziehen, unsere Straße fort, Wolken des Westwindes gleich, dem Unbekannten zu.

DER WAHNSINN DES HEROSTRAT

Dramatische Szene

Wer ist der Größte! Ich, der seinen Namen
Vom Schemel in der dunklen Werkstatt warf
Herauf zum Äther: der die Goldschmiedsbrille,
Die sonst in Regenbogenfarben brach
Armselge Steine, nach der Sonne hob,
Daß ich berieselt war von buntem Glanz
Wie warmen Leders Rauch und heißer Stahl.
Mich fror des Namenlosen. Manchen Tag,
Wenn mit den Feilen ich durch Ringe fuhr,
Dem Tischler gleich an seiner Hobelbank,
Das Maul von Lauch noch duftend, manchen Mittag
Stand ich schwarzgallig ⟨um die Fenster her⟩
Gleich einem Tagedieb den Tag verlungert.
Des Abendfisches Gräten spie ich aus,
Und blies die Kiemen auf wie sonst ein Narr.
Ich sank ins Bette, wie ein hohles Faß
Zum Keller rollt. Ich war ein hohler Schlauch,
Ich war ein Hauch nur, den ein Gott verspie.
Ich war ein Tropfen nur im Mäanderstrom
Ein solches Etwas, daß die Gassenjungen
Nach mir die Zunge bleckten, und die Weiber
In den Buhlstätten *(unl. Wort)* selbst mich doppelt
Am Beutel ließen. Nannt ich „Herzchen" sie,
So wiesen sie mir frech den Hintern zu.
Wie hab ich's euch gelehrt, ihr Hagestolze,
Beturbant Pack, ihr Vetteln, ihr Geschmeiß,
Ihr Schneider, Schuster, Fleischer, Bäckersleute,
Ihr ⟨Zungenleser⟩, Magier, Sternbeschauer,
Ihr Opferdeuter, Priester, ihr Besessnen,
Ihr Jahrmarktsvolk, ihr armen Eintagsfliegen.
Ihr Rechtsgelehrten, die auf ihrem Stein

Wie Spinnen hocken, mitten auf dem Markt
Nach Beute lauernd. Ach ihr Herrn des Rats,
Ihr Tausend-Weise, ach ihr Eselsköpfe.
Wie kam die Wut mir aus dem Herzen hoch
Wie eine Wolke stieg der Zorn herauf
Wie eine Flut schoß in die Stirn er mir,
Sah ich am Mittag eure Prozession
Wie einen Regenwurm die Stadt durchziehn.
Und wenn ich bei den Frühjahrsfesten sah
Zu den Archonten auf, die, Fett und Speck,
Sich blähten auf den Stühlen, angestaunt
Von jedermann, ich hätt euch angespien,
In euer Mondgesicht, ihr Bäckerfürsten,
In euer Fleischermaul, ihr Fleischerprinzen.
Aus Nichts gehoben, wie die Blasen schwellend
Ins Nichts zu kehren, wart ihr auserlesen,
Doch nanntet ihr euch: Sohn ⟨der Ewigkeit⟩.
Und eure blöden Namen grubt ihr ein
In heilger Tempel ungeheure Würde,
Wie Fliegen ihren Dreck der Götter Mund
Zur Speise geben, daß die goldne Lippe
Von weißem Geifer trieft. So klebt wie Aussatz,
Wie eine Pest, die aus den Mauern schwor,
Wie gelber Eiter einer weißen Wunde
Eur Namenschild bei hohen Weihgeschenken.
Und wer vom Volke nicht zu lesen mag,
Er hält euch wohl für seiner Götter Namen
Und ruft euch an. Ihr, unbekannte Männer,
Ihr bald so klein, daß ihr wie Essig trocknet.
Ihr wollt berühmt sein? Ihr, die um den Ruhm
Nicht heiße Tränen weintet, die nicht nachts
Vor Ehrgeiz krank auf euer Lager schlugt
Mit beiden Fäusten. Ihr, was wißt ihr denn,
Von diesem Feuer, von dem Durst nach Ruhm,
Von dieser Angst, man möchte vorher sterben,
Eh man den Namen aus dem Staube trug
Zum Götterschoß, ach ihr. Ich zahlte euch

Für euer Wohlwolln, für die Gönnermiene,
Mit der ihr meinen Künsten zugeschaut.
„Wie hübsch ist ⟨das⟩. Nein, seht nur diesen Leib,
Den möcht ich wohl in meinem Bette haben."
– O. Diana von Ephesus, die den Schimpf
Erdulden mußte, räche meinen Namen,
Ich rächte dich. Dich achtet niemand mehr.
Ich nur und wen'ge glauben noch an dich,
Wenn du vor Liebe traurig angeschaut
Aus meinem Werke mich. Ja, es war Zeit,
Daß in der Hundertbrüstgen Tempel ich
Der Gotteslästrer Namen ausgelöscht,
Hinweggeschmolzen in den Riesenflammen.
Dein Werk war's, Göttin, die wie einen Strahl
Durch meines Hirnes Nacht die Botschaft sandte.
Ich war wie trunken, schwankte wie ein Blinder,
Ich überdacht es kaum. Ich lief hinaus
Zum Licht der Berge, war allein mit dir,
Allmächtige Natur. Nun würd ich sein,
Ich würd erheben mich vom Staub der Zeit.
Ich, Herostrat von Ephesus genannt,
Ein armer Goldschmied, doch vom Ruhm gekrönt.
Und die Geschlechter, die der Schoß der Zeit
Zum Lichte ⟨häuft⟩, sie werden meinen Namen
Mit Ehrfurcht nennen, wenn durch die Äonen
Er strahlt dem Sirius gleich.
Ich lief am Strome hin,
Da rauschte aus des Schilfes Waldung es,
Die tausend Schwestern sahen auf zu mir,
Sie wiesen flüsternd mich einander zu:
„Seht, das ist Herostrat." Ach Glücksgefühl,
Wie mich des Glückes Feuer heiß berann.
Ich neigte mich dem Schilf. Ich, huldvoll lächelnd
Wie's einem König steht. Ich kam zurück zur Stadt
Zum Gotteshause durch die Gassen hin.
Aussätzge wälzten auf der Treppe sich
Mit gelben Händen greifend ⟨nach⟩ dem ⟨Geld⟩.

Die Opferhändler saßen ⟨vor⟩ den Stufen.
Vom Markte schwoll der Lärm der Stadt herauf,
Da trat ich ein in deine dunkle Halle,
Und zog die Schuhe aus. Das Palisanderholz
Gab meiner Fackel Leuchten rings zurück,
Der Tempel strahlte, wie von tausend Bränden,
Die hohen Säulen strahlten wie von Gold.
Die Fackel schwenkte ich, ich sah hinauf
Zum hohen Dache, sah den goldnen ⟨Fries⟩.
Ich sah die göttlich schöne Malerei,

(Textlücke)

Zu Delos dich aus Mutterleibe sprossen.
Ich sah dich mit den Hirschen, mit den Hinden
Am Quell des Baches, sah Meleagers Glut.
Ich sah Endymion, der von dir befallen
Die Hände gleich zwei Flammen warf empor,
Zu dir, du reiner Stern der Mitternacht,
Du Schützerin der unfruchtbaren Frauen,
Verdorrter Schöße gnadenreicher Schlüssel,
Du, reich an Brüsten, draus das Leben jagt
Ein Strom von Milch. Ich faßte deine Knie
Und ⟨lehnte⟩ mich voll Brunst an deinen Fuß,
Du, die ich einzig liebte diese Zeit,
Du, meine Tochter, müßtest nun vergehen
Den Flammen gebend deine Fruchtbarkeit.
Zerbersten müßten deine Eingeweide.
Mich jammerte, daß du vergehen solltest.
Im Feuer sollte aller Glanz zerspringen.
Ich weinte fast, da sah ich auf zu dir.
Und deinem strengen Auge wich ich nicht.
Du sehntest dich dem Bett des Feuers zu,
Voll Überdruß der kalten, schweißgen Arme
In reinre Wollust, stolzre Üppigkeit,
Beleidigt und geschändet von dem Volk
So vieler Bitten, solcher Qualen müde.
So tat ich es, ich trat von dir zurück.

Ich schwenkte hoch die Fackel in der Luft,
Daß rings das Pech zum Boden knisternd sprang
Und tausend Flämmchen zuckten in ihm auf.
Ich hielt sie an die Wand. Die Weihgeschenke.
Die Purpurmäntel. Deine Taubenkörbchen.
Die trocknen Früchte. Und ein Windsturm blies
Die Flamme schwellend in die bunten Zeuge.
Der Purpur taumelte in wilder Lohe,
Die Täubchen schrien, von der Glut versengt,
Die Früchte fuhren raschelnd auf und nieder.
O wie das Feuer an den Wänden fraß,
Nach oben greifend, wie viel tausend Hände.
Wie brachen springend rings die hohen Platten.
Sie wellten sich, sie warfen aus die Namen,
Die dreingelassen. Ach, ich lachte dessen,
So kurz war eine Größe nur bemessen,
Die Flammen stiegen auf, sie einten sich
Am Sims zum Meere roter Lavaglut.
Sie rankten um die Säulen sich empor
In dem Akanthus nistend wie die Schlangen.
Sie schwollen hin zur Decke, aufgebläht.
Sie einten sich von allen Tempelwänden
Wie Aureolen liefen sie dir zu,
O Wunder Wunder Göttin, da du standst
Im Meer von Lichte, da die Brüste schwollen,
Von ⟨Gluten⟩ jauchzend, da dein Bauch zerriß,
Und ließ den warmen Strom der Gluten ein
Und da du hinsankst, tönend wie die Leier,
Im Glanz der Liebe hehr und ewig groß.
„Feuer. Feuer, der Göttin Tempel brennt.
Feuer. Feuer. Wacht auf." Ich hört den Lärm,
Ich hört ihn wachsen, hört ihn nahe kommen.
Nun heißt es, stark sein. Und ich trat heraus,
Vom Feuer unversehrt, kaum daß mein Bart
Gekräuselt ward von einer leichten Lohe.
Ich trat heraus und sah, ein Gott, auf sie.
Auf diese Därme, diese Fleischerlungen.

Auf diese Zungen, diese langen Arme.
Auf diese armen Tiere, dieses Pack.
„Da ist er" schrien sie, „seht den Götterschänder."
„Wer?" „Herostrat." Da hört ich meinen Namen
Wie eine Woge brausen in dem Volk.
So weit berühmt, wie eine Flut nun wachsend.
Heut weiß es Ephesus' Million, und morgen
Schon weiß es Asia. Andern Tages schwillt
Durch Griechenland, durch Thrakien, Istrien,
Durch Skythenland und Parthien, Baktrien,
Durch Babylon, Arabien. Und der Nil
Hört meinen Namen an die Grüfte brausen.
Bis zu Karthagos ferner Pracht im Meer,
Bis hin zum Atlas, und des Weltmeers Toren
Da schwillt er weit hinaus. Und gibt es Völker
Die jenseits wohnen, sie vernehmen ihn
Wie Glockenschläge dröhnend in das Ohr:
„Dies ist ein Mann, der für den Ruhm verwarf
Das bißchen Leben, daß er ewig lebe."
O Ruhm, o Ruhm. Nun den Heroen nah,
Kein Sterblicher, ein Sohn der Götter schon.
Ich ließ mich willig in den Kerker reißen,
Wie mußt ich lachen über ihre Wut.
Die armen Schächer, sie erbosten sich.
Sie wollten mir in ihrer Wut zu Leibe.
Ich fühlte nichts, als meinen großen Glanz,
Als meine Stärke, meine Ewigkeit.
O schöner Rausch der großen Phantasie,
Im Chor der Götter. Niemals mehr vergehn,
Der Zeit gleich ewig ward ich, Herostrat.
Noch gestern abend nur ein armer Mann,
Ein großer Gott, da diese Nacht begann.
Wer war so glücklich, wer trug je den Rausch
Der Götterfreude so im wilden Herz.
Vom Kerkerfenster sah ich weit den Glanz,
Den nächtgen Himmel wie in Gold getaucht.
Und in den Sternen las ich: Herostrat.

Ich schlief, ein Toter, nach dem Meer der Freude.
Des Todes Morgen brech mir frühe an.
Wie gerne sterb ich. Mich verlangt zu sterben.
Ich könnt nicht leben mehr mit meiner Größe.
Ich ward zu groß und zu gewaltig hier.
Mein Name darf nichts Irdisches mehr tragen,
Des Lebens Brandmal. Ich ⟨verzeihe⟩ nun,
Ich hör das Hämmern schon vom Scheiterhaufen,
Die Menge lärmt schon vor den Kerkertoren.
Fort, kleine Schwäche. Herostrat genannt,
⟨Er⟩ kehrt ein Großer in des Hades Reich.
Sein Leib zerfließt in Luft und Erd und Rauch,
Sein Name brennt wie eine Fackel stets.

(Die Tore werden aufgetan. Die Sonne fällt in den Kerker
und beleuchtet ein kleines Männchen, mit dem gestörten
Auge eines Narren.)

AUS DEN TAGEBÜCHERN UND
TRAUMAUFZEICHNUNGEN

20. September 1908

Phantasie zu haben, ist leicht. Wie schwer aber, ihre Bilder zu gestalten.

6. Juli 1910

Ach, es ist furchtbar. Schlimmer kann es auch 1820 nicht gewesen sein. Es ist immer das gleiche, so langweilig, langweilig, langweilig. Es geschieht nichts, nichts, nichts. Wenn doch einmal etwas geschehen wollte, was nicht diesen faden Geschmack von Alltäglichkeit hinterläßt. Wenn ich mich frage, warum ich bis jetzt gelebt habe. Ich wüßte keine Antwort. Nichts wie Quälerei, Leid und Misere aller Art. Sie meinen, Herr Wolfssohn, Ihnen wäre noch nie jemand so ungebrochen vorgekommen, wie ich. Ach nein, lieber Herr, ich bin von dem grauen Elend zerfressen, als wäre ich ein Tropfstein, in den die Bienen ihre Nester bauen. Ich bin zerblasen wie ein taubes Ei, ich bin wie alter Lumpen, den die Maden und die Motten fressen. Was Sie sehen, ist nur die Maske, die ich mit soviel Geschick trage. Ich bin schlecht aus Unlust, feige aus Mangel an Gefahr. Könnte ich nur einmal den Strick abschneiden, der an meinen Füßen hängt.

Geschähe doch einmal etwas. Würden einmal wieder Barrikaden gebaut. Ich wäre der erste, der sich darauf stellte, ich wollte noch mit der Kugel im Herzen den Rausch der Begeisterung spüren. Oder sei es auch nur, daß man einen Krieg begänne, er kann ungerecht sein. Dieser Frieden ist so faul ölig und schmierig wie eine Leimpolitur auf alten Möbeln.

Was haben wir auch für eine jammervolle Regierung, einen Kaiser, der sich in jedem Zirkus als Harlekin sehen lassen könnte. Staatsmänner, die besser als Spucknapfhalter ihren

Zweck erfüllten, denn als Männer, die das Vertrauen des Volkes tragen sollen.

21. Juli 1910

Ich glaube, daß meine Größe darin liegt, daß ich erkannt habe, es gibt wenig Nacheinander. Das meiste liegt in einer Ebene. Es ist alles ein Nebeneinander.

20. September 1910

Wolken: eine ungeheure schwarze Fläche, wie ein riesiges schwarzes Land bedeckt den südlichen Himmel. Rechts, gen Westen, reiht sich daran ein breites, über den ganzen Himmel gespanntes Band, breit, tiefrot. Wie die Trauben an der Stirn eines bekränzten Gottes, so hängt eine Anzahl von roten langen Fetzen daraus herab.

Ganz oben in der Mitte ist wie ein ungeheurer Spiralnebel eine rote feine Wolke, die in dem tiefen Blau langsam zerfließt. Als ich diese sah, verlor ich vor Taumel fast den Boden unter den Füßen.

25. September 1910

Ich habe jetzt für Farben einen geradezu wahnsinnigen Sinn. Ich sehe ein Beet mit einer Menge roter Stauden und darüber einen tiefblauen kühlen Herbsthimmel und fühle mich maaslos entzückt.

Juli/August 1911

Warum hat mir der Himmel die Gabe der Zeichnung versagt. Imaginationen peinigen mich, wie nie einen Maler vor mir. Ich habe dieses Bild so oft visionär gesehen, den Irren, der mitten in einer leeren Stube tanzt, und im Hintergrunde 2 Schemen, die nur schwach aus dem Dunkel treten, daß ich diese total mißglückte Ausführung gewagt habe. Immerhin, wenn man die Augen ganz klein macht, wird man ungefähr sehen, was ich gewollt habe.

20. November 1911

Das wunderbarste ist, daß noch keiner gemerkt hat, daß ich der allerzarteste bin, daß ich viel zarter bin wie Jentzsch, aber ich habe es gut versteckt, weil ich mich immer dessen geschämt habe.

20. November 1911

Jetzt habe ich den Kampf. Denn meine Phantasie ist gegen mich aufgetreten und will nicht mehr wie ich will. Meine Phantasie, meine Seele, sie haben Angst und rennen wie verzweifelt in ihrem Käfig. Ich kann sie nicht mehr fangen. Wo ist die göttliche Ruhe des Tages, der Ophelia, des Fieberspitals.

Dezember 1911

Wundervoll. Gespräch mit meiner Mutter über meine Kunst:

Meine Mutter: „Du hast keine edle Seele. Sowas kann ich nicht lesen. Wer wird denn so etwas lesen. Edle und zarte Seelen kaufen doch so was nicht." – – –

Meine Einwände . . . „Aber, Georgel, Goethe und Schiller, haben doch auch anders gedichtet. Warum schreibst Du denn nicht im ‚Daheim' oder in der ‚Gartenlaube'."

Schließlich habe ich ihr versprechen müssen, jetzt edle und zarte Gedichte zu machen.

Letzter Eintrag

Teurer Golo. Ich bin sehr stark und sehr schwach. Ich quäle mich. Ich leide an Selbstqual. Ich ⟨habe⟩ die Zeit, nachdem ich mit ⟨dem Professor⟩ handelseinig. – Ich habe ein Bad genommen, teils um vor mir selbst zu prahlen. Die Fische

[Hiermit bricht das Tagebuch ab.]

2. Juli 1910 (Aus: Meine Träume)

Ich stand an einem großen See, der ganz mit einer Art Steinplatten bedeckt war. Es schien mir eine Art gefrorenen Wassers zu sein. Manchmal sah es aus wie die Haut, die sich auf Milch zieht. Es gingen einige Menschen darüber hin, Leute mit Tragelasten oder Körben, die wohl zu einem Markt gehen mochten. Ich wagte einige Schritte, und die Platten hielten. Ich fühlte, daß sie sehr dünn waren; wenn ich eine betrat, so schwankte sie hin und her. Ich war eine ganze Weile gegangen, da begegnete mir eine Frau, die meinte ich sollte umkehren, die Platten würden nun bald brüchig. Doch ich ging weiter. Plötzlich fühlte ich, wie die Platten unter mir schwanden, aber ich fiel nicht. Ich ging noch eine Weile auf dem Wasser weiter. Da kam mir der Gedanke ich möchte fallen können. In diesem Augenblick versank ich auch schon in ein grünes schlammiges, Schlingpflanzen-reiches Wasser. Doch ich gab mich nicht verloren, ich begann zu schwimmen. Wie durch ein Wunder rückte das ferne Land mir näher und näher. Mit wenigen Stößen landete ich in einer sandigen, sonnigen Bucht.

ZUR TEXTGESTALTUNG

Durch freundliches Entgegenkommen von Professor Karl Ludwig Schneider und mit Erlaubnis des Verlages Heinrich Ellermann konnten die Gedichttexte nach den Manuskripten zur kritischen Ausgabe gedruckt werden. Lediglich in dem Gedicht *Umbra vitae* wurde eine von Heym durchgestrichene Strophe in dieser Auswahl nicht abgedruckt. Außerdem wurde die Numerierung der Berlin-Gedichte aus dem *Ewigen Tag* und nicht aus der chronologisch angeordneten Gesamtausgabe, die mehrere Gedichte zum Thema Berlin bringt, übernommen.

Das Sonett „*Mit weißem Haar . . .*" trug bisher den ihm von den Herausgebern des Nachlasses gegebenen Titel *Rußland (März 1911)*. Bei zwei Gedichten wurden im Gegensatz zu den bisherigen Ausgaben die ursprünglichen Titel wieder aufgenommen: *Die Toten auf dem Berge* (bisher: *Der Galgenberg*) und *Träumerei in Hellblau* (bisher: *Alle Landschaften haben . . .*). Der Titel *Umbra vitae* findet sich nicht in der Reinschrift des Gedichtes. Heym hatte ihn für seinen zweiten Gedichtband vorgesehen, der erst nach seinem Tode erschien; er wurde dann von den Herausgebern auf dieses Gedicht übertragen. Um die beiden *Der Krieg* betitelten Gedichte besser unterscheiden zu können, wurde I und II hinzugefügt.

Die beiden Gedichte aus dem Nachlaß, von denen *Die hohen Glockenstühle* nur in einer Abschrift von fremder Hand erhalten ist, wurden von Professor Karl Ludwig Schneider zur Verfügung gestellt. Ihm sei an dieser Stelle noch einmal für sein Entgegenkommen und seinen Rat gedankt.

Die im Inhaltsverzeichnis in Klammern angegebenen Abkürzungen zeigen den Ort des ersten Erscheinens an. Es bedeuten:

ET = *Der ewige Tag*
UV = *Umbra vitae*
HT = *Der Himmel Trauerspiel*
BB = *Das bunte Buch*, Kurt Wolff, Leipzig 1914
N = Nachlaß

Die restlichen Beiträge folgen dem 2. und 3. Band der Gesamtausgabe. Unsichere Lesungen sind in ⟨ ⟩ gesetzt.

ZEITTAFEL

30. Oktober 1887	Georg Heym in Hirschberg (Niederschlesien) geboren
1896–99	Gymnasium in Gnesen
1899–1900	Friedrich-Wilhelms-Gymnasium in Posen
1900	Berufung des Vaters nach Berlin als Kaiserlicher Militäranwalt am Reichsmilitärgericht
1900–05	Joachimsthalsches Gymnasium in Berlin
20. Dezember 1904	Beginn des Tagebuches
1905–07	Gymnasium Neuruppin
März 1907	Abitur
1907/08	Jurastudium in Würzburg. Korpsstudent
22. September 1907	„In 4 Tagen ,sizilische Expedition' geschrieben" (Tagebuch)
2. November 1908	Austritt aus dem Korps
1908–10	Studium in Berlin
März/April 1910	Einführung durch W. S. Ghuttmann in den „Neuen Club"
1910	Sommersemester in Jena
6. Juli 1910	Erste Lesung im „Neo-Pathetischen Cabaret"
August 1910	Sommeraufenthalt an der Ostsee (Swinemünde)
Oktober 1910	Erste Veröffentlichung: zwei Gedichte in einer Berliner Vorstadtzeitung *(Herold)*
30. November 1910	Brief Rowohlts an Heym mit der Bitte um Zusendung von Manuskripten
Januar 1911	Kammergerichtsreferendarexamen
Februar 1911	Referendar am Amtsgericht in Berlin-Lichterfelde, kurze Zeit später am Berliner Landgericht II am Hallischen Ufer
April 1911	*Der ewige Tag* erscheint bei Ernst Rowohlt in Leipzig
15. Mai 1911	Abend des „Neo-Pathetischen Cabarets", der nur Dichtungen Heyms gewidmet ist
Juli/August 1911	Wanderung durch den Harz, anschließend eine Woche an der Ostsee
	Plan, Sprachen zu studieren, um in den diplomatischen Dienst einzutreten
21. August 1911	Beurlaubung vom Referendardienst

Herbst 1911	Gesuche des Vaters an verschiedene Regimenter um Einstellung seines Sohnes als Fahnenjunker Doktorexamen in Rostock (nicht dokumentarisch zu belegen)
Oktober 1911	Einschreibung am Seminar für orientalische Sprachen an der Universität Berlin; Studium der englischen und chinesischen Sprache; wahrscheinlich auch Besuch von historischen und philosophischen Vorlesungen
15. November 1911	Besuch in München (großer Eindruck von der Pinakothek) auf einer Reise nach Ulm zur Vorstellung bei einem Regiment
Silvester 1911/12	Auf der Fahrt nach Metz (Vorstellung beim dortigen Infanterieregiment) Aufenthalt in München
16. Januar 1912	Tod beim Schlittschuhlaufen in der Havel

VERZEICHNIS DER IN BUCHFORM
ERSCHIENENEN WERKE

Der Athener Ausfahrt. Trauerspiel in einem Aufzug. Würzburg: Memminger's Buchdruckerei und Verlagsanstalt, 1907.

Der ewige Tag. Leipzig: Ernst Rowohlt, 1911.

Umbra vitae. Nachgelassene Gedichte. Leipzig: Ernst Rowohlt, 1912.

Der Dieb. Ein Novellenbuch. Leipzig: Ernst Rowohlt, 1913.

Marathon. Berlin-Wilmersdorf: A. R. Meyer, [1914]. [Enthält 12 Sonette von den insgesamt 22.]

Dichtungen. Hrsg. von Kurt Pinthus und Erwin Loewenson. München: Kurt Wolff, 1922. [Inhalt: Der ewige Tag; Umbra vitae; Der Himmel Trauerspiel (Gedichte aus dem Nachlaß); Der Dieb.]

Umbra vitae. Nachgelassene Gedichte. Mit 47 Originalholzschnitten von Ernst Ludwig Kirchner. München: Kurt Wolff, 1924. [Leicht verkleinerte Reproduktion dieser Ausgabe in der Insel-Bücherei Nr. 749, Frankfurt a. M. 1962.]

Gesammelte Gedichte. Mit einer Darstellung seines Lebens und Sterbens hrsg. von Carl Seelig. [Im Anhang: Heym-Bibliographie von Hans Bolliger.] Zürich: Peter Schifferli, Verlags-AG Die Arche, 1947.

Marathon. Nach den Handschriften des Dichters hrsg. und erl. von Karl Ludwig Schneider. [Hamburg:] Maximilian-Gesellschaft, 1956 [Vollständige Ausgabe aller 22 Sonette.]

Dichtungen und Schriften. Gesamtausgabe. Hrsg. von Karl Ludwig Schneider. Hamburg/München: Ellermann, 1960 ff.

Bd. 1: Lyrik. Bearb. von K. L. Schneider und Gunter Martens unter Mithilfe von Klaus Hurlebusch und Dieter Knoth. 1964.

Bd. 2: Prosa und Dramen. Bearb. von K. L. Schneider und Curt Schmigelski. 1962.

Bd. 3: Tagebücher Träume Briefe. Unter Mithilfe von Paul Raabe und Erwin Loewenson bearb. von K. L. Schneider. 1960.

Bd. 4 [geplant als Bd. 6]: Dokumente zu seinem Leben und Werk. Hrsg. von K. L. Schneider und Gerhard Burkhardt unter Mitarb. von Uwe Wandrey und Dieter Marquardt. 1968.

NACHWORT

Als Heym vier Wochen vor seinem Tode sein fünftes Tagebuch begann, schrieb er auf die Titelseite: „Tagebuch des Georg Heym. Der nicht den Weg weiß." Er stand in dieser Zeit vor schweren Entscheidungen. Seine juristische Referendarzeit hatte er durch einen Urlaub unterbrochen, da er entweder orientalische Sprachen studieren und in den diplomatischen Dienst eintreten oder Fahnenjunker werden wollte. Aber es war nicht nur die Unsicherheit über den zukünftigen Beruf, die ihn beunruhigte. Heym war schon immer ein unsteter Mensch gewesen. Bereits der Vierzehnjährige fing an, ein Tagebuch zu führen, als wolle er durch diese Rechenschaftsablage mit sich selbst ins klare kommen. Die Schwierigkeiten des jungen Menschen waren zwar alle nicht außergewöhnlich, aber sie traten konzentriert, gesteigert auf. In einem Eintrag aus späterer Zeit macht Heym seinen Vater für die Verdüsterung seiner Jugend verantwortlich. Doch darf man dem pedantischen, trockenen, aber in seiner Art auch liebevollen Mann wirklich alleine die Schuld zuschieben? Dem ungebärdigen Schüler, der ihm viel Kummer bereitete, hat er immer wieder geholfen. Für den Dichter mußte ihm jedes Verständnis fehlen. Auch die Mutter, eine brave, gütige, doch ein wenig ängstliche Frau, stand dem, was ihr Sohn schrieb, hilflos gegenüber. Das kleine Gespräch zwischen Mutter und Sohn, das in die Auswahl aufgenommen wurde, zeigt die Kluft, die zwischen den Generationen klaffte.

Noch weniger als das Elternhaus konnte die Schule diese Kluft überbrücken. Das empfand Heym besonders schmerzhaft auf dem Gymnasium in Neuruppin, wo er das Abitur machte. Fontane, der in dieser kleinen Stadt geboren wurde, hat dem ehrwürdigen, bereits fünfhundert Jahre alten Gymnasium in seinen *Wanderungen durch die Mark Brandenburg* ein kleines Denkmal gesetzt. Doch das war 1864, fast 50 Jahre, bevor Heym dort seine sehr gediegene, aber enge Ausbildung bekam. Die Universität brachte neue Enttäuschungen. Das Jurastudium wurde widerwillig aufgenommen und mit Mühe und Not zu Ende geführt.

Viel wesentlicher war die Begegnung mit dem „Neuen Club" in Berlin. Diese von Kurt Hiller, Erwin Loewenson und anderen gegründete Vereinigung beschäftigte sich vor allem mit moderner Dichtung und Philosophie. Man hatte kein festes Programm, und es ist darum schwer zu sagen, *für* was diese jungen Leute eigentlich kämpften. Sie standen vor allem *gegen* ihre Zeit. Sie haßten das satte Bürgertum und das Wilhelminische Reich. In einer Welt, die sich hinter einer Mauer von Verboten in Sicherheit wähnte, wollten sie keine Tabus anerkennen. Den Einfluß dieser neuen Freunde kann man sehr deutlich in Heyms Tagebuch spüren. Bisher hatte es sich kaum über das Niveau durchschnittlicher Schüleraufzeichnungen erhoben. Auch jetzt bleibt noch vieles merkwürdig unreif, aber der Ton wird aggressiver und bestimmter. In diesen Monaten, im Frühsommer 1910, entstanden die ersten bedeutenden Gedichte. Wie Stürme überkamen die dichterischen Einfälle Heym, während er an den verhaßten juristischen Arbeiten saß, und riefen nach Gestaltung.

Durch Gedichte im *Demokraten*, einer kurzlebigen Zeitschrift, die von 1910 bis 1911 in Berlin erschien und politisch wie literarisch fortschrittliche Tendenzen hatte, war Ernst Rowohlt auf den unbekannten Dichter aufmerksam geworden. In seinem Verlag erschien 1911 der erste Gedichtband, *Der ewige Tag*. Die Aufnahme bei der Kritik war günstig. Am 5. Januar 1912 brachte die *Berliner Zeitung* eine ausführliche Besprechung von Herbert Eulenberg, der damals auf der Höhe seines Ruhmes stand. Sie schloß mit folgenden Worten: „Wir wollen uns den Namen Georg Heym merken! Und laßt uns hoffen, daß wir ihm noch oft gut begegnen werden!" Weitere Bücher mit Ernst Rowohlt waren verabredet. Der junge Dichter schien eine verheißungsvolle Laufbahn vor sich zu haben.

Am 16. Januar, einem schönen Wintertag, hatte sich Heym mit Ernst Balcke, dem treuen Freund aus der Schulzeit, zu einer Schlittschuhwanderung auf der Havel verabredet. In Schwanenwerder gingen die beiden aufs Eis. Für das, was weiter geschah, gibt es keine Augenzeugen. Balcke muß in eine unmarkierte Eisrinne geraten und sofort untergegangen sein. Bei dem Versuch, den Freund zu retten, brach Heym ein. Seine Hilferufe wurden von Waldarbeitern gehört, die aber nichts unternahmen. Noch einige Zeit konnte er sich wohl am Eisrand festklammern, bevor er versank. Zwei Tage später wurde die Leiche gefunden und in der Halle des Selbstmörderfriedhofes Schildhorn im Grunewald aufgebahrt. Eines der frühen Gedichte

Heyms, *De profundis*, ist auf diesem Friedhof am Karfreitag 1909 geschrieben worden.

Bei der Beerdigung auf dem Luisenfriedhof in Berlin-Charlottenburg schien es, als gelänge es der Familie, den ungebärdigen, unheimlichen Sohn endgültig in ihren Schoß zurückzuholen. Keiner der Freunde sprach, es gab nur eine jener langen, nichtssagenden Grabreden. Aber die Versuche des Vaters, die Veröffentlichung des zweiten Gedichtbandes zu verhindern, scheiterten. Der Jurist mußte sich den mit Rowohlt bereits abgeschlossenen Verträgen beugen. Auch den Nachlaß konnten die Freunde retten. Erwin Loewenson gelang es sogar, ihn mit in die Emigration nach Jerusalem zu nehmen. Von dort kam er vor einigen Jahren an die Universitätsbibliothek in Hamburg, wo nun durch Karl Ludwig Schneider eine Gesamtausgabe aus den Handschriften erarbeitet wird.

Die Dramen und die Prosa Heyms bilden einen stattlichen Band. Erstaunlich ist die große Zahl der dramatischen Versuche, die siebenhundert Seiten des Bandes füllen und zwei vollendete Stücke und ein gutes Dutzend Entwürfe umfassen. Die frühesten reichen bis 1905 zurück. 1907 und vor allem 1908 sind die fruchtbarsten Jahre. Die Anfänge stehen im Banne des Historiendramas des 19. Jahrhunderts. Dann wird der Einfluß Shakespeares, Grabbes und Büchners fühlbar. Den Abschluß bilden ein paar kurze groteske Szenen, die im kabarettistischen Stil des jungen Expressionismus gehalten sind.

Wie der bewunderte Grabbe fühlte sich Heym vor allem zu den verbrecherischen Genies und den seltsam gebrochenen Charakteren hingezogen. Immer wieder ist dem strahlend Schönen der Häßliche gegenübergestellt, der sich für die Ungerechtigkeit der Natur rächen will. Im Monolog des Herostrat werden diese Gefühle des Benachteiligten pathetisch gestaltet, um in der Schlußbemerkung grotesk entzaubert zu werden. Vielleicht hat Heym diese Szene geschrieben, um sich zu befreien. Immer wieder finden sich in seinem Tagebuch Klagen über die eigene Häßlichkeit neben wilden Ausbrüchen einer verzehrenden Ruhmsucht.

Das Drama war für Heym vor allem ein Bucherlebnis, dem die Begegnung mit der Bühne fehlte. Wenn auch die Sprache von Entwurf zu Entwurf an Gestaltungskraft und Fülle zunimmt, so sind die Stücke doch vor allem als Zeugnisse der Entwicklung Heyms wertvoll. An diesen zahllosen Jamben hat sich sein Stil geformt.

Anders steht es mit der Prosa. Alle größeren Arbeiten wurden erst 1911, im letzten vollen Schaffensjahr, geschrieben. Auch hier lassen sich Vorbilder erkennen. In einigen phantastisch-grausigen Geschichten steht Heym unter dem Einfluß des damals gerade für Deutschland entdeckten Edgar Allan Poe. Die hier abgedruckte Erzählung *Der fünfte Oktober* – wohl der Höhepunkt des Prosaschaffens – ist dem geliebten Büchner verpflichtet. Es sind nicht nur Einzelzüge, die Heym übernommen hat (wie etwa die Episode mit dem Bäcker, die einer Szene aus *Dantons Tod* folgt), auch seine Sprache hat er an dieser Dichter geschult. Ihr Atem ist kurz und drängend, das Atmosphärische bleibt ausgespart. Der Rhythmus der knappen Sätze fasziniert und schafft zugleich Distanz.

Eine Fratze, 1911 in der Zeitschrift *Die Aktion* erschienen, ist ein bedeutsames Zeugnis für die Stimmung der jungen Generation. Auch hier finden sich zunächst Gemeinsamkeiten mit den älteren Zeitgenossen, mit der Kritik der Naturalisten und den Klagen der Neuromantiker und Dekadenten. Aber die Ungeduld, ja Ungebärdigkeit dieser Sätze drängt auf das Ende zu, das ein Bekenntnis zur Kraft ist, zur Kraft einer unverbrauchten Generation, die weder wie die Neuromantiker nur Erbe sein will noch wie die Naturalisten an die Wissenschaft und den Fortschritt glaubt.

Trotz dieser durchaus neuen Züge in Heyms Prosa denkt man doch vor allem an den Lyriker, wenn man seinen Namen nennt. Die Zeitgenossen wurden von den Themen mancher Gedichte fasziniert. Aber schon bald entdeckte man, daß dieses lyrische Werk von erstaunlicher Vielfalt ist. Es ist fraglich, ob es jemals gelingen wird, klare Entwicklungslinien nachzuziehen, da fast alle bisher bekanntgewordenen Gedichte innerhalb von zwei Jahren, 1910 und 1911, geschrieben worden sind. Wie sollten sich in so kurzer Zeit bei einem Dichter, dessen Schaffen so sehr von der plötzlichen Eingebung bestimmt war, einzelne Epochen deutlich voneinander absetzen? Trotzdem lassen sich unschwer verschiedene Schichten im Werke feststellen, die wie bei einem Faltengebirge aus getrennten Tiefen stammen, sich aber unter dem Druck der Inspiration über- und durcheinander geschoben haben.

Die Auswahl versucht zunächst, die Gedichte nach ihren Themen zu gliedern. So finden sich die Gruppen Stadt – Krieg – Tod und Liebe – Wasser und Erhängen – Landschaft – Geschichte – Mensch und Tier. Innerhalb der Gruppen wurde versucht, nach den einzelnen Schichten zu ordnen. Noch einmal sei betont, daß diese Ordnung keine streng chronologische ist. Auch wäre es falsch, von einer Aufwärtsentwicklung zu sprechen. Es gibt in jeder dieser Schichten große Gedichte.

Zwei dieser Gruppen sollen nun gesondert betrachtet werden. Unsere Auswahl beginnt mit den Stadtgedichten. Berlin, das in den Jahren um 1900 zur ersten wirklichen Großstadt Deutschlands heranwuchs, faszinierte die junge Generation. Die moderne Stadt in ihrer geschichtslosen Anonymität erschien wie ein riesiges Wesen, in dem sich hektisch-mechanische Betriebsamkeit mit der Trägheit eines Ungeheuers verband. Man haßte und liebte diese Stadt. So beginnt Heym eine Verfluchung der Städte mit der Zeile: „Ihr seid verflucht. Doch eure Süße blüht ..." Seine Berlin-Sonette bestechen durch die Sauberkeit der Beobachtung, die in ihrer fast naturalistischen Nüchternheit in einem spannungsgeladenen Verhältnis zur gemeißelten Form steht, deren Monumentalität, wohl unter dem Einfluß Georges, noch durch seltene Reimwörter (Idylle, Fanale, Filigran) unterstrichen wird. Ähnliches hatte ein anderer junger Dichter, Wolf Graf von Kalckreuth, ein paar Jahre früher in einem Zyklus *Holländische Landschaften* versucht. 1887, im gleichen Jahre wie Heym geboren, war er schon 1906 freiwillig aus dem Leben geschieden. Seine Gedichte waren 1908 im Insel-Verlag erschienen. In ihnen herrscht die gleiche Spannung, doch bleibt das große Vorbild solcher Stadtdichtungen, Platens *Sonette aus Venedig*, hier noch deutlicher als bei Heym spürbar.

Das dritte der Berlin-Sonette ist im Dezember 1910, acht Monate später als die ersten beiden, entstanden. In seinem letzten Terzett sieht sich der Leser plötzlich, kaum vorbereitet durch die vorhergehenden Zeilen, einer Vision gegenüber: Die Toten sitzen strickend an der Friedhofsmauer und singen die Marseillaise. Heym war also nicht gewillt, bei einem klassizistischen Impressionismus stehenzubleiben. Eines der bekanntesten Visionsgedichte ist *Der Gott der Stadt*. Ein riesiges Ungetüm thront über den Häusern, das Dämonische der Riesenstädte hat in ihm Gestalt angenommen.

Solche Personifizierungen des Schrecklichen finden sich in der Kunst des 19. Jahrhunderts nicht selten. Franz Stuck hat einen *Krieg* gemalt, Böcklin läßt die Pest durch eine Stadt rasen. Auch Dichter, z. B. Hermann Lingg aus dem Münchner Kreis, haben versucht, das Furchtbare allegorisch Gestalt werden zu lassen. Unter den älteren Zeitgenossen Heyms gefielen sich vor allem die Neuromantiker in der Darstellung des Grausig-Unheimlichen, das sie in bombastischen Bildern mit reicher Sprachornamentik darzustellen liebten. Den Symbolwert des Häßlichen hatten Baudelaire und Rimbaud schon früher entdeckt; sie schmiedeten es im Feuer der Verse zum ästhetisch Vollendeten um. Heym hat die beiden französischen Dichter gekannt und geliebt. Von Rimbaud übernahm er sogar einige Themen, wie *Ophelia* und *Die Toten auf dem Berge*.

Aus all diesen Anregungen gelang es Heym, einen eigenen Stil zu formen. Vor allem unterscheidet er sich in einem wesentlichen Punkt von seinen Vorläufern in der Art Stucks, Linggs oder der Neuromantiker. Seine Gedichte sind keine Allegorien, denen man anmerkt, daß sie erklügelt und effektvoll in Szene gesetzt worden sind. Heym hat seine Visionen gesehen.

Im 3. Band der Gesamtausgabe sind die Aufzeichnungen über Träume abgedruckt. Der erste Bericht stammt aus dem Jahre 1907. Es ist erstaunlich, um wieviel straffer und genauer die Prosa hier ist als in dem gleichzeitigen Tagebuch. Es scheint, als ob Heym von seinen Träumen die Feder geführt werde. Ähnlich muß es bei der Ausformung der großen Visionsgedichte gewesen sein. Wie der in die Auswahl aufgenommene Eintrag in das Tagebuch vom Juli/August 1911 zeigt, standen Heym diese Visionen mit solcher Deutlichkeit vor seinem inneren Auge, daß er darunter litt, seine Gedichte nicht malen zu können. Auch die Farben sah er vor sich. Sie haben darum auch in den Gedichten die Intensität von Traumfarben bewahrt. Die Notwendigkeit, Gesehenes in Worte zu übersetzen, erklärt den oft sehr lockeren Aufbau dieser Gedichte, bei denen wie in einer Bildbeschreibung sich Szene an Szene fügt. So sind auch die Doppelfassungen, die es von manchen dieser Visionen gibt (z. B. vom *Tod der Liebenden*), keine Bearbeitungen des schon Geschriebenen, sie scheinen vielmehr bei einem nochmaligen Sehen des gleichen Bildes entstanden zu sein, bei dem neue Einzelheiten ins Auge fielen. Heym stand seinen Visionen als fast unbeteiligter Betrachter gegenüber. Das meint der Eintrag vom 20. November 1911, wenn er von der „göttlichen Ruhe des Tages, der Ophelia, des Fieberspitales" spricht.

Lesen wir aber ein Gedicht wie *Die neuen Häuser*, so spüren wir, daß sich die Beziehung des Dichters zu seinen Themen geändert hat. Der Vorwurf ist jetzt aus der Alltagswelt genommen; es gibt keine gewaltigen Kulissen mehr wie in den Visionen. Auffällig ist die Verlebendigung der toten Dinge: der Baum schreit, die Häuser frieren. Ähnliches findet man in der zeitgenössischen Lyrik häufig, es handelt sich hier um ein besonderes Stilmittel der Expressionisten. Aber bei Heym geht Hand in Hand mit dieser Vermenschlichung der toten Welt eine Verdinglichung des Menschen. Die Diebe mit „schlenkerndem Bein" haben etwas gespenstisch Mechanisches an sich, der Unterschied zwischen Mensch und Ding verschwindet. Die Welt ist entleert, sie ist fremd und tückisch geworden. Dadurch ist der Dichter nicht mehr der überlegene Zuschauer wie bei den Visionen, er kann nicht mehr von außen her schildern. Wie die Fliege im Netz der Spinne ist er in die Unheimlichkeit der Welt verstrickt.

Diese Veränderung der Perspektive muß sich auf die Form auswirken. Das Pathos der Sprache, das sich an den großen Bildern entzünden konnte, verschwindet. Die Sprache schrumpft, vereist, sie knarrt in den Gelenken. In ihrer Rauheit und Einfachheit nimmt sie magischen Charakter an. Damit aber wird sie fähig, das Groteske auf neue Art zu gestalten. Schon der Schluß von *Berlin III* hatte groteske Züge, wie überhaupt in den Visionen das Grauenvolle oft zur Grimasse verzerrt wird. Aber solche Übersteigerungen wirken nur wie Glanzlichter auf dem dunklen Pathos der Verse. Erst in Gedichten von der Art der *Neuen Häuser* geht Heym den Weg zur Groteske zu Ende. Jetzt kann er auf alles Gesuchte, Übertriebene verzichten. Die Dinge müssen nicht mehr ins Unnatürliche verdreht werden, sie sind ihrem Wesen nach grotesk, lächerlich und unheimlich in einem.

Die Gruppe der Gedichte, die geschichtliche Themen behandeln, beginnt mit zwei Sonetten aus dem Zyklus *Marathon*. Bereits 1908 findet sich im Tagebuch unter dem 28. August der Eintrag: „oder die Schlacht bei Marathon malen. Eine sandige Ebene. Und von der Sonne beglänzt zieht die Reihe der Griechen in das Tal." Ungefähr eineinhalb Jahre später entsteht der Sonettenzyklus *Marathon*. Bei aller Virtuosität der Form bleiben diese Gedichte doch durchaus konventionell. Griechen und Perser werden antithetisch gegeneinander gesetzt, wobei die Sprache zu sehr um Pathos bemüht ist, um überzeugen zu können. Doch schon wenige Monate später schreibt Heym seine ersten großen Geschichtssonette. Wieder stellt er zwei Feinde sich gegenüber, Robespierre und Ludwig XVI. Aber die beiden Gegner gleichen sich auf der Guillotine, unterscheiden sich in nichts von Verbrechern, die man zur Hinrichtung führt. Die Heroen der Geschichte haben ihren Glanz verloren.

Eine solche neue Geschichtsschau bedurfte einer anderen Sprache. Zwar ist der Rhythmus von der gleichen vorwärtsdrängenden Abgehacktheit, und auch die Knappheit der Sätze ist geblieben. Aber es gibt nun keine überhöhten Wörter mehr, die drastische Schilderung ist mit realistischen Ausdrücken durchsetzt. In Heyms Tagebüchern findet sich ein paarmal der Name Gustav Renner in höchster Verehrung genannt. Diesem heute vergessenen Lyriker verdanken die Geschichtssonette Heyms viel. In der sehr verbreiteten Anthologie, die Hans Benzmann 1903 für den Verlag Philipp Reclam jun. zusammengestellt hat, findet sich in der ersten Auflage ein Gedicht Renners mit dem Titel *Cäsar*. Schon die erste Strophe dieses Sonetts kann uns zeigen, was Heym hier gelernt hat:

> Auf Stirn und Lippe eisiges Verachten,
> das Kinn gehackt, und spärlich Haar und Brauen,
> die Lider schwer, die Augen klein, die schlauen,
> die kaum das Heer, das jubelnde, beachten.

Zugleich macht dieses Zitat aber auch deutlich, wie weit Heym über sein Vorbild hinausging. Aus der leicht ironischen Betrachtung eines geschichtlichen Helden wird die rücksichtslose Demaskierung, die Zurückführung auf das Kreatürliche. Und der nüchterne, unterkühlte Ton Renners wird ins Brutale, Provozierende gesteigert.

Eine andere Art der Geschichtsschau spricht aus *Marengo*. Natur und Geschichte bilden eine Einheit, die Natur hält den Atem an, sie fühlt die Schwere der kommenden Entscheidung. Der Name Napoleon fällt nicht, die Geschichte ist eine mythische, anonyme Macht. Hölderlin – kein anderer Dichter ist so oft in Heyms Tagebuch erwähnt – schrieb 1800 den Entwurf zu einer Napoleonhymne *Dem Allgenannten*. In einer Strophe steht Napoleon (auch hier wird der Name nicht ausgesprochen) über den Alpen, „Hinsehend über Italien und Griechenland – Mit dem Heer um ihn – Wie die Gewitterwolke . . .“ Es gibt wohl keinen Beweis dafür, daß Heym dieses Fragment gekannt hat. Aber das Sonett *Marengo* atmet Hölderlinschen Geist.

Die letzten vier Gedichte dieser Gruppe, im Oktober und Dezember 1911 entstanden, sind schon rein äußerlich von den vorhergehenden verschieden. Heym hatte sich inzwischen vom Sonett abgewandt. Der Reim wird, im Gegensatz zu früher, sehr sorglos behandelt. Man könnte einwenden, daß diese Gedichte ihre endgültige Form noch nicht gefunden hatten, als der Dichter starb. Doch wenn es sich wirklich nur um Entwürfe handeln sollte, so sind sie schon zu weit gediehen, um noch grundsätzliche Änderungen zuzulassen. Diese Lockerheit der Form deckt sich ja auch zu genau mit dem schwebenden Charakter der Verse. Ohne die Nachbarschaft der anderen beiden Gedichte wäre *Der Garten* (im Entwurf findet sich auch der Titel *Der Kuß*) überhaupt nicht als Darstellung des Judas-Verrates zu erkennen. In *Judas* ist zwar der Held des Gedichtes klar bestimmt, aber es bleibt völlig offen, wann er dargestellt ist. In Strophe 1 sehen wir ihn wohl unmittelbar nach dem Verrat, die Strophe 2 springt ohne jede Andeutung zurück in die Jüngerzeit, in der Strophe 3 geht die Erinnerung an einen Gang durch die Felder in eine Darstellung der Himmelfahrt über. Dieses freie Wechseln der Assoziationen ist Absicht. Der Leser soll das zerhackte Gedicht zusammenschauen, er soll die Spannung zwischen den einzelnen Teilen fühlen und überwinden.

Auch die Metaphern werden mit großer Freiheit gebraucht. Im *Garten* wird der Mund des Judas mit dem eines Fisches verglichen. Beim Fuß ist das Bild nicht durchgeführt, doch es bleibt der Eindruck von schneckenhafter Schleimigkeit. In der zweiten Strophe wird die umarmende Hand zur „haarigen Kralle", auch die Augen nehmen etwas Raubtierhaftes an. Dazwischen ein Vergleich aus der Welt der Metalle: Christus knickt „dünn wie aus Silber". Silber soll hier nicht den Eindruck des Kostbaren hervorrufen. Viel eher mag Heym der helle, klirrende Lautwert des Wortes verlockt haben und die Vorstellung einer in der Hand knisternd zusammengedrückten Silberfolie. Sehr bezeichnend ist auch der Schluß der drei Pilatus-Judas-Gedichte: „in grüner Schlucht" – „über der gelben Stadt" – – „gelbem Schein". Dreimal erscheinen Farbadjektive an entscheidender Stelle. Heym benutzt, das haben eingehende Untersuchungen gezeigt, die Farben als Symbole. Aber sie behalten dabei ihre sinnliche Aussagekraft. Die gelbe Stadt ist von schwefligem Untergang bedroht, aber sie ruht zugleich im Glanz ihrer Lichter wie auf einem Rembrandtschen Bilde.

Es ist nicht möglich, in einem kurzen Nachwort die Vielfalt der Töne zu beschreiben, die sich in Heyms Gedichten findet. Auf einige der schönsten Gedichte, wie *Deine Wimpern, die langen* oder *Letzte Wache*, kann nur hingewiesen werden. Hier wird die große Tradition des deutschen Liedes fortgeführt. Es erscheint fast unglaublich, daß solche Verse gleichzeitig mit den Visionen entstehen konnten.

Wenn auch Heym das Zarte nicht fremd war, so hat er doch nichts von der Leichtigkeit und liebenswerten Melancholie der frühreifen Neuromantiker. Nichts an diesem kräftigen, ungefügen jungen Menschen ist verbindlich. Mit trotziger, ungeschickter Verbissenheit suchte er das Leben an sich zu pressen. Vielleicht war er nur einmal glücklich in seinem Leben, in jenen Stunden, in denen er wie trunken seine Visionen in Verse zwang. Hier konnte er seine Verachtung der bürgerliche Welt und seine bittere Tapferkeit zeigen. Aber dieses Glück dauerte nicht lange. Mit zu feinem Spürsinn für das kommende Unheil begabt und geschlagen, sah er ein Grauen heraufkommen, das sich nicht mehr auf einer Gespensterbühne mit Dämonen spielen ließ. Die neue Welt, die nun in den Gedichten aufsteigt, läßt das Blut in den Adern vereisen.

Heym war kein gelehrter, theoretisierender Dichter. Immer von neuem wurde er von dem überwältigt, was sich ihm zur Gestaltung aufdrängte. Daß er diesen inneren Spannungen standhielt und davon Zeugnis gab im Gedicht, macht seine Größe aus.

Walter Schmähling

INHALT

85

Literatur des Expressionismus

IN RECLAMS UNIVERSAL-BIBLIOTHEK

---

strat. Aus den Tagebüchern und Traumaufzeich-
nungen). Ausw. und Nachw. von Walter Schmähling. 8903

Georg Kaiser: *Von morgens bis mitternachts.* Stück in
zwei Teilen. Fassung letzter Hand. Mit einem
Nachw. hrsg. von Walther Huder. 8937

Else Lasker-Schüler: *Die Wupper.* Schauspiel. Dokumente zur Entstehungs- und Wirkungsgeschichte
und Nachw. von Fritz Martini. 9852

Prosa des Expressionismus. Hrsg. von Fritz Martini.
8379

Reinhard Sorge: *Der Bettler.* Eine Dramatische Sen-
dung. Hrsg. von Ernst Schürer. 8265

Carl Sternheim: *Tabula rasa.* Schauspiel. Nachw. von
Ernst Schürer. 9907

Theorie des Expressionismus. Hrsg. von Otto F. Best.
9817

Georg Trakl: *Werke · Entwürfe · Briefe.* Hrsg. von
Hans-Georg Kemper und Frank Rainer Max.
Nachw. und Bibliogr. von Hans-Georg Kemper.
8251 – auch gebunden

Philipp Reclam jun. Stuttgart